rororo

rororo

Alexa Hennig von Lange

Mira reicht's

Mit Illustrationen von Julia Kaergel

Rowohlt Taschenbuch Verlag

Originalausgabe

Veröffentlicht im Rowohlt Taschenbuch Verlag, Reinbek bei Hamburg, November 2004 • Copyright © 2004 by Rowohlt Verlag GmbH, Reinbek bei Hamburg • Alle Rechte vorbehalten • Lektorat Silke Kramer • Umschlag- und Innenillustrationen Julia Kaergel • Umschlaggestaltung any.way, Andreas Pufal • Satz Palatino Postscript, QuarkXPress, 4.11 bei KCS GmbH, Buchholz / Hamburg • Druck und Bindung Clausen & Bosse, Leck • Printed in Germany • ISBN 3 499 21297 8

Mira reicht's

1 Jeden Samstag besuche ich meinen Papa zu Hause. Mit dem war Mama zusammen, als sie zwanzig war. Kurz nachdem ich auf die Welt gekommen bin, hat er uns allerdings im Stich gelassen, weil er sich zu jung für unsere Familie gefühlt hat. Mama fand das ziemlich schade, und sie hat zu ihm gesagt: «Leo, sei vernünftig! Dein Kind braucht einen Vater.» Da hat er es sich noch einmal anders überlegt und ist zu uns zurückgekehrt. Aber schon nach ein paar Tagen fand er sich wieder zu jung für das Ganze, und irgendwann war Mama so enttäuscht von ihm, dass sie ihn nicht mehr riechen konnte. «Mir ist richtig übel geworden, wenn Leo zur Tür reingekommen ist», hat Mama mir mal erklärt. Das war für sie das Zeichen, dass aus uns niemals eine Familie werden würde. Sie sagt:

«Papa war eben selbst noch ein Kind.»

«Wieso? Wie alt war er denn?»

«Fünfundzwanzig.»

«Aber da ist man doch kein Kind mehr.»

«Da hast du Recht.»

«Ist er noch zur Schule gegangen? Oder was meinst du?»

«Nein. Er dachte, eine Familie zerstört sein Leben.»

Jetzt hat Papa eine Hot-Dog-Bude, und vielleicht ist er damit glücklicher. Auf jeden Fall hat er viel zu tun, und darum sagt er manchmal meinen Besuch ab: «Tut mir Leid, Schnecke. Aber ich muss noch zum Großmarkt, Würstchen besorgen.» Ich mag Papa sehr gerne, auch wenn er «unreif» ist, wie Jan behauptet.

Jan haben wir vor acht Jahren im Baumarkt an der Kasse kennen gelernt. Er stand vor uns in der Schlange, und Mama ist ihm aus Versehen mit dem Einkaufswagen hinten reingefahren. Bums! Da hat er sich zu uns umgedreht und gemeint: «Wir sollten uns kennen lernen.» Einfach so. «Wir sollten uns kennen lernen.» Seitdem behaupten Mama und Jan: «Es war Liebe auf den ersten Blick.» Dabei bekommen sie immer ganz feierliche Gesichter, und mit genau diesem feierlichen Gesichtsausdruck ist Jan damals bei uns eingezogen. Jetzt sind wir eine richtige Familie, weil auch noch mein kleiner Bruder Alfred dazugekommen ist. Der ist vielleicht niedlich! Er lacht den ganzen Tag, und er riecht so gut.

Das Problem ist nur, dass sich Jan und Papa überhaupt nicht leiden können. Papa sagt: «Jan hält sich für was Besseres!» Und Jan sagt: «Leo zieht sich wie ein Clown an!» Es stimmt schon, Papa hat seinen ganz eigenen Kleidergeschmack. Als ich einmal bei ihm war, hat er plötzlich von all seinen T-Shirts die Ärmel abgeschnitten und sich einen davon als Stirnband auf den Kopf gesetzt. Ich habe ihn gefragt, warum er das macht. Da hat er gesagt: «Ich bin eben ein Freak.»

Diesen Samstag besuche ich Papa, und Jan bringt mich mit dem Auto hin. Weil Mama nicht dabei ist, darf ich neben ihm auf dem Beifahrersitz sitzen. Wenn es nach Mama ginge, würde ich immer noch in so einer dämlichen Kinderschale auf dem Rücksitz klemmen. So wie Alfred. Sie hat nämlich Angst beim Autofahren, und wenn wir doch mal gemeinsam eine Autofahrt unternehmen, quetscht sie sich zwischen Alfred und mich auf den Rücksitz. Vorne ist es Mama zu gefährlich. Sie sagt: «Da muss nur einer reinfahren. Schon sind meine Beine ab!» Aber Jan meint: «Nicht jeder verliert seine Beine, nur weil er im Auto sitzt.» Ich finde, er hat Recht, und darum sitze ich sehr gerne vorne. Ich gucke raus, wir reden über dies und das, und dann frage ich:

«Was ist ein Freak?»

«So einer wie dein Vater.»

«Aha.»

«Warum?»

«Nur so.»

Vor Papas Haustür gibt mir Jan einen Kuss auf die Stirn und meint: «Viel Spaß, Herzchen!» Dann steigt er schnell wieder ins Auto und fährt davon.

Ich hätte es schöner gefunden, wenn er noch mit reingekommen wäre. Dann hätte ich ihm die Kaninchen im Garten zeigen können. Jan interessiert sich nämlich sehr für Kaninchen, weil er Biologe ist. In seinem Arbeitszimmer hat er sogar ein ausgestopftes neben seinen Aquarien im Regal stehen. Das muss Papa allerdings nicht unbedingt wissen. Ausgestopfte Tiere findet er «unmenschlich». Be-

sonders, wenn sie im Regal stehen. Trotzdem könnte es ja sein, dass sich die beiden plötzlich gut verstehen und sich ein klein wenig anfreunden. Nur so viel, dass sie mal zwei Sätze miteinander reden, wenn sie sich sehen. Das würde ich wirklich schön finden. Und Papa auch. Er sagt immer: «Ich fänd's toll, wenn wir mal zusammen Weihnachten feiern würden.» Aber daraus wird leider nichts, weil Jan schon nervös wird, wenn mich Papa abends nach Hause bringt und es sich bei uns im Flur neben den Schuhen gemütlich macht. Im Schneidersitz versucht er, Alfred anzulocken. Der krabbelt fröhlich im Flur rum, und bevor er zu dicht an Papa rankommt, hebt Jan ihn hoch und meint: «Es ist Zeit, ins Bett zu gehen!» Und bums, verschwinden die beiden im Kinderzimmer. Jan will nämlich nicht, dass Alfred von Papa «die Krätze» kriegt. Die «Krätze» ist was ziemlich Unangenehmes. Das hat mir Jan mal genau beim Abendbrot erklärt: «Das sind so kleine Tiere, die sich Tunnel unter der Haut graben und dort Eier legen. Außerdem sondern sie Gift ab, was zu Juckreiz führt.» Natürlich merkt Papa, dass er Alfred nicht anfassen soll, und er hat mich schon ein paar Mal darauf angesprochen. Aber ich kann ja nicht sagen: «Mama und Jan wollen nicht, dass Alfred von dir die Krätze kriegt.» Das würde ihn bestimmt sehr verletzen. Ich glaube, die Sache mit der Krätze ist sowieso nur eine Ausrede. Bei mir haben sie ja auch keine Bedenken, dass ich mich bei Papa anstecken könnte. Ich nehme viel eher an, dass sie nicht wollen, dass er sich zu wohl bei uns fühlt und denkt, dass er jetzt endlich zur Familie gehört.

Z

Papa wohnt mit seiner Mitbewohnerin Vanessa und ihrem kleinen Sohn Charlie in einem sehr alten Haus, in dem es ordentlich schimmelt. Als Mama das gesehen hat, hätte sie mir am liebsten verboten, weiter hierher zu kommen. Sie sagt: «Das ist schädlich für deine Lunge!» Und kurze Zeit später hatte ich tatsächlich am ganzen Körper Ausschlag, der tüchtig gejuckt hat. Ich dachte natürlich: Ich habe die Krätze! Aber Jan hat mit der Lupe draufgeguckt und festgestellt, dass es nur ein Hautpilz war. Mama hat gemeint: «Den hat sie sich bei Leo geholt!» In allen Zimmern liegen nämlich große Matratzen und ganz viele Kissen auf dem Boden. Und auf den Matratzen liegen Papas Freunde und rauchen Zigaretten. Dazwischen toben Kinder herum, mit denen Papa gerne akrobatische Kunststücke macht. Vor den Fenstern hängen dicke Vorhänge, was Mama auch nicht so recht ist. Sie sagt: «Da muss nur mal einer seine Zigarette nicht richtig ausmachen, schon brennt das ganze Haus.» Manchmal ruft sie sogar an und fragt: «Na, seid ihr schon abgebrannt?» Wenn Papa wieder aufgelegt hat, tippt er sich mit dem Zeigefinger an die Stirn und meint, dass Mama mit ihrem «extremen Sicherheitsbedürfnis nicht mehr alle Tassen im Schrank hat».

In diesen Zimmern verbringen wir meistens den ganzen Tag. Papa probiert mit den Kindern Zirkuskunststücke, und ich gucke zu, weil ich nicht weiß, was ich sonst machen soll. Wenn bei einem Kind die Nase läuft, sagt er: «Los, wisch deinen Schnodder an meinem Ärmel ab!» Das hat er, als ich klein war, auch immer zu mir gesagt. Darum habe ich das mal bei Jan gemacht. Und er hat geschimpft: «Wer hat dir das denn beigebracht?» Ich wusste ja nicht, dass ich das nur bei Papa darf.

Mama hat mich schnell in den Arm genommen und gesagt:

«Nun brüll das Kind doch nicht so an.»

«Ja, aber sie hat ihre Nase an meinem Pullover abgewischt!»

«Mira kann ja nicht wissen, dass sie das nur bei Leo darf.»

Genau! Bei Papa darf ich sowieso eine ganze Menge mehr als zu Hause. Mama meint, das liegt daran, weil er «nie richtig erwachsen geworden ist». Wenn wir früher bei ihm im Garten gespielt haben, hat er immer gesagt: «Kinder müssen sich beim Spielen dreckig machen!» Und schon hat er mich am Arm gegriffen und sich mit mir und meiner neuen rosa Strickjacke über den Rasen gekullert. Eigentlich hatten Mama und Jan schon vorher gesagt, dass ich die besser nicht zu Papa anziehen sollte. Aber ich hatte sie doch neu und wollte sie ihm gerne zeigen. Der fand die Jacke aber «spießig». Und richtig unangenehm ist es geworden, als mich

Papa mit der Dreckjacke wieder zu Hause abgeliefert hat. Jan hat uns die Tür aufgemacht und gemeint: «Das war ja zu erwarten.» Und Mama hat gestöhnt: «Mensch, Leo, die Jacke kann man nur mit der Hand waschen!» Seitdem muss ich mir bei Papa immer meine «Rumalberklamotten» anziehen. Eigentlich will ich lieber meine Sachen anbehalten. Aber damit er nicht denkt, ich mag seine nicht, mache ich mit. Papa verliert nämlich schnell mal den Boden unter den Füßen, wenn er sich abgelehnt fühlt. Er kriegt dann einen «Heulkrampf», wie Jan sagt.

Heute sitzen wir wieder auf den Matratzen rum. Papas Freund Oliver, Vanessa und ihr kleiner Sohn Charlie sind auch dabei. Charlie ist vier Jahre alt und wird gerade von Papa durch die Luft gewirbelt, damit sich Oliver und Vanessa ein bisschen auf den Matratzen ausruhen können. Die sind nämlich müde. Weil Papa Charlie die ganze Zeit in der Luft rumschleudert, sitze ich im Schneidersitz auf der Matratze und zupfe die kleinen Wollknödelchen von meinem «Rumalberpullover». Dabei denke ich mir, dass es schön wäre, wenn wir beide manchmal auch was alleine unternehmen würden. Ohne die anderen. Vor allen Dingen habe ich ja für heute vorgehabt, etwas mit Papa zu besprechen:

Früher gab es nämlich dort, wo ich mit meiner Familie wohne, einen Kinderbauernhof mit echten Ponys. Da bin ich jeden Tag zum Reiten hingegangen, und Mama und Jan haben gesagt, dass ich ein eigenes Pony kriege, wenn ich aufs Gymnasium komme. Die Sache war so gut wie klar,

denn auf dem Kinderbauernhof war noch Platz für ein Pony. Aber dann musste der Kinderbauernhof weg, weil stattdessen ein Einkaufszentrum hingebaut wurde. Seitdem überlege ich, wo man für mich ein Pony hinstellen könnte. In der Stadt ist das gar nicht so einfach. Und gestern Abend habe ich beschlossen: Das Pony kommt in Papas Garten!

Doch wenn man mit Papa etwas besprechen will, braucht man Ruhe. Sonst kriegt der gar nicht mit, worüber man mit ihm redet. Erst hinterher, wenn man ihn nochmal auf die Angelegenheit anspricht, merkt er, dass er gar nicht weiß, worum es ging. Er sagt dann immer: «Oha! Daran kann ich mich gar nicht mehr erinnern. Hatten wir das so abgesprochen?» Das macht speziell Mama und Jan nervös, weil sie deswegen schon mal die halbe Nacht vor Papas Haus warten mussten. Der hatte nämlich vergessen, dass sie mich abholen wollten, und zusätzlich auch noch sein Handy verloren, sodass Mama und Jan uns nicht erreichen konnten. Unterdessen standen Papa und ich vor unserem Haus und haben uns gewundert, dass niemand die Tür aufmacht. Das Beknackte an der Sache war, dass wir meine Jacke bei Papa liegen gelassen hatten und ich schon ein bisschen erkältet war. Außerdem war es Winter, und hinterher hatte ich eine Lungenentzündung. Darum musste ich Weihnachten auch im Krankenhaus verbringen.

Mit der Pony-Besprechung warte ich also besser, bis Papa aufgehört hat, Charlie durch die Luft zu schleudern. Ich hoffe, er hört bald auf. Charlie heult nämlich schon: «Lass mich runter! Lass mich runter!» Aber Papa ist gut in

Fahrt, und plötzlich muss sich Charlie in der Luft kreisend übergeben, was nicht so gut ist, weil wir alle was abbekommen. Die anderen stört das nicht, weil die ja schlafen. Endlich lässt Papa Charlie runter, wischt ihm mit seinem Ärmel das Gesicht ab und meint: «O Scheiße, Kumpel.»

Als Charlie sich ein bisschen beruhigt hat, fällt Papa auf, dass ich schon lange nichts mehr gesagt habe. Darum will er mich auch ein wenig rumschleudern. Er packt mich an den Armen und ruft: «Achtung, Flugzeug!» Aber ich mache mich los und sage: «Ich will nicht!» Irgendwann ist man aus dem Alter auch mal raus. Außerdem ist mir wegen des Charlie-Vorfalls schlecht, sodass ich mich ebenfalls fast übergebe. Leider zündet sich Papa auch noch eine Zigarette an, was die Sache nicht leichter macht. Am besten, ich kneife den Mund zusammen und helfe Charlie aus seinem Pullover. Als das erledigt ist, nimmt Papa mir den Pullover aus der Hand, knüllt ihn zusammen und wirft ihn raus in den Flur. Jetzt riecht es nicht mehr ganz so doll nach Erbrochenem. Das ist schon mal gut.

Papa guckt zu Vanessa rüber, die gemütlich mit Oliver in der Ecke liegt, und seufzt: «Es wäre echt toll, wenn wir alle eine große Familie sein könnten. Na ja. Aber ich passe eben nicht ins Bild. Für Mama und Jan wäre es doch am schönsten, ich würde ganz verschwinden.»

Ich weiß nicht so ganz, was ich dazu sagen soll.

Brauche ich aber auch gar nicht, weil Vanessa sich plötzlich einschaltet. Sie sagt: «Sie hat dich eben nur benutzt, um schwanger zu werden.»

Damit meint sie Mama. Ich bin ja der Meinung, dass man

solche Sachen nicht vor den betroffenen Kindern ausbreitet, die können einen Schaden davon kriegen. Das sagt Mama jedenfalls. Auf der anderen Seite interessiert mich schon ein bisschen, was durch meine Geburt alles schief gelaufen ist.

Oliver interessiert das wohl auch. Der ist nämlich auf einmal hellwach, kratzt sich am Kopf und meint: «Manche Frauen sind eben so. Die benutzen dich, um schwanger zu werden, und dann schmeißen sie dich weg. Und du, Leo, du bist genau auf so eine reingefallen.»

Damit ist schon wieder Mama gemeint.

Papa seufzt und nickt, und Vanessa streichelt ihm lieb über den Rücken.

An dieser Stelle könnte ich mal sagen, wie Mama das sieht. Aber das bringt sowieso nichts. Darum gehe ich ins Bad und wasche mir ordentlich die Hände und rubble mit dem Handtuch meine Haare ab, weil da was von Charlie drinklebt. Mir ist echt schlecht, und ich würde mich gerne kurz hinsetzen, nur nicht auf den Boden! Also klappe ich den Klodeckel runter, wische ihn mit feuchtem Klopapier ab und setze mich drauf. Ich sage mir: «Tief durchatmen. Du musst nicht brechen!» Aber das bringt nichts. Also klappe ich den Klodeckel schnell wieder hoch. Meine Hände und meine Knie zittern. Mir ist ganz kalt, und irgendwie will ich wirklich gerne nach Hause. Ins Bett. Zu Mama.

Zum Schluss kocht Papa für alle Putenkeule mit Kartoffelbrei und Rotkohl aus dem Glas. Das gibt es jedes Mal. Leider! Putenkeule und Rotkohl aus dem Glas mag ich nämlich überhaupt nicht. Darum esse ich normalerweise auch nur den Kartoffelbrei. Aber darauf verzichte ich heute auch, weil damit ein kleines Unglück passiert ist: In der Küche von Papa ist es ziemlich eng, besonders wenn Vanessa, Oliver und Charlie auf den Stühlen und der Arbeitsfläche hocken. Darum musste Papa vorhin den Topf mit dem Kartoffelbrei auf dem Boden abstellen, und eben ist er aus Versehen reingetreten. Er hatte ganz viel Kartoffelbrei an seinem Fuß. Die anderen stört das nicht. Die teilen sich den Rest vom Kartoffelbrei und sind froh, dass ich keinen will. Die sagen: «Umso besser. Dann ist mehr für uns da.»

3

Nach dem Essen fährt mich Papa mit seinem Lieferwagen, der ein riesiges Würstchen auf dem Dach hat, nach Hause. Ich sitze auf der Rückbank zwischen großen Ketchupflaschen, sauren Gurken und Tüten voller Hot-Dog-Brötchen.

Papa zündet sich eine Zigarette an und meint: «Du bist so still, Schnecke. Was ist los?»

Ich weiß nicht, was ich sagen soll, außer, dass Mama es nicht mag, wenn er mich im Wagen voll raucht. Aber das behalte ich für mich, weil Papa das ziemlich egal ist. Der sagt hinterher nur wieder: «Deine Mutter ist eine Spießerin.» Früher dachte ich immer, das ist eine Frau, die den ganzen Tag mit Spießen rumrennt und andere Leute aufspießt. Aber weil Mama nie mit Spießen rumrennt, habe ich Papa mal gefragt, was eine Spießerin ist. Der hat gesagt:

«Frag mich was Leichteres.»

«Aber du sagst doch immer, dass Mama eine Spießerin ist.»

«Na ja, das ist eben jemand, der alles verbietet, was Spaß macht.»

Das will ich mir nicht nochmal anhören! Also gucke ich aus dem Fenster und klemme meine Hände zwischen die Oberschenkel, weil meine Finger so kalt sind. Papa fährt über eine rote Ampel, und hinter uns hupt jemand. Draußen dämmert es schon, die Straßenlaternen gehen an, und ich weiß, dass wir wieder viel zu spät sind. Papa schafft es nie, mich rechtzeitig nach Hause zu bringen, obwohl ich immer zu ihm sage: «Wir müssen los, sonst kommen wir zu spät.» Papa sagt nur: «Ist doch egal.» Aber es ist nicht egal. Mama und Jan sagen dann wieder, dass Papa «unreif» ist, weil er es nicht schafft, mich zur verabredeten Zeit nach Hause zu bringen. So etwas mag ich auch nicht gerne hören! Am besten, ich denke an gar nichts. Dann kann mich auch nichts traurig machen. Mein Kopf ist fast leer. Da ist nur die Autofahrt drin. So, wie ich hier auf der Rückbank neben den Hot-Dog-Brötchen sitze, die Ketchupflaschen auf dem Boden gegen meine Füße rollen und Papas Zigarettenqualm in meinen Augen brennt. Ich fühle den Stoff von meiner Hose an den Händen. Den Reißverschluss von meiner Jacke habe ich hochgezogen, so kann ich wenigstens auf dem kleinen blauen Metallding herumkauen, womit man den Reißverschluss auf- und zumacht. Es schmeckt komisch, und die blaue Farbe liegt in kleinen, spitzen Blättchen auf meiner Zunge. Der Wagen soll weiterfahren. Ich möchte nicht zu Hause ankommen, aussteigen, mit Papa im Fahrstuhl hochfahren, Mama und Jan in die Augen gucken, die ungeduldig warten, weil wir schon

wieder viel zu spät sind, und mir anhören, dass Papa «unreif» ist. Am liebsten würde ich nur fahren, immer weiter fahren. Mit allen zusammen: Mama, Papa, Jan und Alfred – und nicht reden. Nur rausgucken und fahren. So lange, bis wir irgendwo ankommen, wo es uns allen gefällt. Wo alle aussteigen und sagen: «Hier ist es aber schön.» So lange will ich fahren. Leider hält Papa am Straßenrand an, und das heißt, dass wir da sind. Aber anstatt auszusteigen, zündet er sich eine neue Zigarette an und sagt:

«Weißt du, was ich richtig asozial finde?»

«Nein.»

«Dass Mama und Jan verbieten, dass du bei mir übernachtest.»

«Ich kann ja mal fragen, ob ich darf.»

«Die können das doch nicht einfach verbieten!»

«Ich kann ja mal fragen, ob ich darf.»

«Ich könnte echt ausflippen!»

Papa schimpft weiter rum, und darum sage ich immer wieder: «Ich kann ja mal fragen, ob ich darf.» Aber er hört mir gar nicht zu. Ich glaube, der will gerade nur schimpfen und eine Zigarette rauchen. Also sage ich jetzt nichts mehr und gucke, wie ein Liebespaar Arm in Arm und mit hungrigem Hund an unserem Lieferwagen vorbeigeht. Meine Augen brennen, und langsam würde ich gerne aussteigen.

Endlich macht Papa seine Tür auf, was gut ist, weil ich in dem Qualm schon fast keine Luft mehr kriege. So viel Qualm ist bestimmt nicht gesund. In der Schule haben wir gelernt, dass «Passivrauchen» fast so schädlich ist wie echtes Rauchen. Ich habe das Papa schon mal gesagt, und für

kurze Zeit hat er aufgehört, im Wagen zu rauchen. Aber jedes Mal, wenn er mich nach Hause fährt, regt ihn irgendwas so sehr auf, dass er sich wieder eine Zigarette anzünden muss. Papa sagt: «Rauchen beruhigt mich.» Was nicht das Dümmste ist, bevor er oben auf Mama und Jan trifft.

Im Hausflur gab es nämlich schon sehr oft richtig Ärger, weil Papa überhaupt nicht ruhig war. Und noch mehr, als Jan einmal gemeint hat: «Leo, beruhig dich!» Da hat er geschrien: «Sag du mir nicht, dass ich mich beruhigen soll! Du hast meine Frau geheiratet!» Papa meint nämlich, dass er Mama trotz allem immer noch liebt. Aber Mama sagt: «Leo spinnt. Da ist keine Verbindung.» Ich weiß nicht, was stimmt. Immerhin haben sie ein Kind zusammen. Das bin ich.

Papa schlägt die Autotüren zu, nimmt meine Hand und zieht mich zum Hauseingang. Ich drücke auf die Klingel, der Türsummer geht, und am Ende vom Flur stellen wir uns in den Aufzug rein. Da stehen wir dicht gedrängt, und als die Fahrt nach oben geht, sagt Papa:

«Mach dir keine Sorgen! Ich regle das mit den Übernachtungen!»

Genau darum mache ich mir ja Sorgen. Das gibt nur wieder Ärger. Außerdem muss ich nicht unbedingt bei Papa übernachten, weil wir dann alle auf seiner Matratze unter einer großen Decke liegen würden: Papa, Vanessa, Oliver, Charlie und ich. Nee, echt. Vielen Dank. Das geht ganz prima ohne mich. Hinterher kriege ich doch noch die Krätze.

Die Fahrstuhltüren gehen wieder auf, und da steht

Mama schon auf dem Treppenabsatz und lächelt so künstlich.

«Na, war's schön?»

Ich nicke und gehe an ihr vorbei in die Wohnung.

Jan kommt eilig dazu und stellt sich so hin, dass Papa nicht mal einen Fuß in die Wohnung setzen kann: «Bis zum nächsten Mal.»

Doch als Jan die Tür schon fast zugedrückt hat, schiebt Papa seinen Fuß noch schnell rein und meint:

«Ich will, dass Mira bei mir schläft.»

«Leo, bitte!»

«Was denn?»

«Wir haben dir doch schon gesagt, dass wir das nicht wollen.»

«Wieso nicht?»

«Das haben wir dir doch schon erklärt.»

«Dann erklär's mir nochmal.»

«Miras Bett steht hier, also schläft sie hier.»

«Ich habe auch ein Bett.»

«Ich weiß!»

«Ihr seid so unmenschlich!»

«Bitte beruhig dich, Leo.»

«Sag du mir nicht, dass ich mich beruhigen soll! Du hast meine Frau geheiratet!»

Und schon geht im Hausflur das übliche Schrei-Theater los. Wie jedes Mal schlägt Jan die Tür mittendrin zu und meint mit rotem Kopf: «Anders begreift er es nicht.»

Draußen steht Papa und trommelt gegen die Tür. Hier drinnen im Flur sind wir: Mama, Jan, ich und Alfred.

Wir gucken auf die Tür und hören Papas dumpfe Stimme:

«Gebt mir meine Tochter! Gebt mir meine Tochter!»

Jan zuckt mit den Schultern und murmelt: «Armer Irrer.» Mama atmet tief ein, nimmt Alfred vom Boden hoch und drückt ihn Jan in den Arm. Dann nimmt sie mich, und wir gehen zusammen ins Bad. Da sagt Mama mit ganz weicher Stimme:

«Mein Herzchen, du riechst so komisch. Hast du dich übergeben?»

«Nee, Charlie.»

«Warum das denn?»

«Weil ihm schlecht war.»

«Am besten, du duschst. Ich hol dir ein frisches Handtuch.»

Mit dem Ausziehen warte ich besser, bis Mama mir das Handtuch gebracht hat. Das würde mir gerade noch fehlen, dass sie mir zuguckt, wie ich nackt im Badezimmer rumstehe. Aus dem Alter bin ich echt raus. Also setze ich mich so lange auf den kleinen, mit Blumenstoff bezogenen Hocker und gucke auf meine Socken, die an den Sohlen ganz schwarz und klebrig sind. Ich glaube, bei Papa im Haus wurde noch nie sauber gemacht. Seltsam, wie man es schön finden kann, immer dreckige Socken zu haben. Ich finde es überhaupt nicht schön, und darum nehme ich mir vor, Papa nächste Woche beim Putzen zu helfen. Die Socken ziehe ich schnell aus und schmeiße sie in die Ecke, neben die Waschmaschine. Dann höre ich, wie Mama im Flur leise zu Jan sagt:

«Musstest du Leo denn unbedingt die Tür vor der Nase zuschlagen?»

«Was hätte ich denn sonst machen sollen?»

«Aber das ist doch nicht schön für Mira. Schließlich ist er ihr Vater.»

«Meinst du, es ist schöner für sie, wenn er im Hausflur so ein Theater veranstaltet?!»

Am liebsten würde ich weinen, damit alles wieder gut ist. Aber weinen hat noch nie geholfen, weil sich Mama dann immer gleich solche Sorgen um mich macht. Also lasse ich das bleiben. Besser, ich gucke zwischen die hellblauen Fliesen unter dem Waschbecken an der Wand. Wenn man da hinguckt, muss man nicht mehr weinen. Es ist, als könnte man in dieses graue Kreuz zwischen den Fliesen kriechen, sich dahinter verstecken. In meiner kleinen Höhle. Da ist es warm und gemütlich, und ich kann mich ganz klein zusammenrollen, wie ein Baby. Dann ist es so, als wäre ich wieder in Mamas Bauch. Und soweit ich mich erinnern kann, war da drin noch alles gut.

Die Badezimmertür geht wieder auf, ein kalter Luftzug kriecht über meine Füße. Mama streckt ihren Arm mit meinem Lieblingshandtuch rein, das ich von Oma zu meiner Geburt geschenkt bekommen habe. Ich nehme es, und die Tür geht wieder zu. Jetzt kann ich mich ausziehen, in die Dusche steigen und das Wasser aufdrehen. Wie ein Umhang oder ein Mantel rauscht das heiße Wasser um mich herum. Wie der Mantel vom heiligen Sankt Martin, so stelle ich mir das vor: Ich bin der arme nackte Bettler, dem der heilige Sankt Martin ein Stück von seinem Mantel mit dem

Schwert absäbelt. Doch der Mantel wärmt mich nicht, innen drin ist mir so kalt, als müsste ich erfrieren. Das heiße Wasser aus der Dusche kriegt mich nicht warm, und am liebsten würde ich ewig hier drunter stehen bleiben. Ich mache die Augen zu, und langsam wird mir doch wieder wärmer. Als mir richtig warm ist, fällt mir ein, dass ich nicht mal dazu gekommen bin, mit Papa über mein Pony zu sprechen. Jetzt muss ich warten, bis ich ihn nächsten Samstag wiedersehe. So ein Mist. Aber bevor ich mich richtig ärgern kann, geht die Badezimmertür wieder auf, und Mama steckt ihren Kopf rein:

«Komm aus der Dusche. Das ist Wasserverschwendung.»

«Gleich.»

«Nein, jetzt.»

Weil ich nicht aus der Dusche komme, kommt Mama ganz ins Badezimmer. Dann dusche ich eben noch ein bisschen weiter. Hinter den beschlagenen Duschscheiben bin ich nämlich nicht gut zu erkennen. Wie gesagt: Ich will nicht nackt aus der Dusche steigen, wenn sie da so rumsteht und auf mich wartet. Ich weiß jetzt gar nicht, wie ich sie aus dem Badezimmer kriegen soll. Vor allen Dingen, weil sie mir schon das Handtuch hinhält.

«Na, komm.»

«Gleich.»

«Nun mach, Mira. Ich will hier nicht ewig rumstehen und das Handtuch für dich halten.»

«Leg es doch auf die Waschmaschine.»

«Wieso kommst du nicht einfach raus?»

«Weil ich nicht will.»

«Bist du traurig wegen Papa?»

«Nee.»

Das stimmt zwar nicht ganz, aber wenn wir jetzt anfangen, über Papa zu sprechen, geht Mama nie raus. Und hinterher müsste ich doch noch weinen. Bitte nicht!

«Na, gut. Aber komm aus der Dusche.»

«Ja, mache ich gleich.»

«Hast du noch Hunger?»

«Ja.»

Nächstes Mal schließe ich einfach die Tür ab, wenn ich dusche. Das wird bestimmt für Aufregung sorgen. Mama und Jan haben mir das nämlich verboten, weil ich mich mal in einer Restaurant-Toilette eingeschlossen habe und hinterher nicht wieder rauskam. Aber das ist egal. Schließlich bin ich nicht mehr fünf! Und sollte Jan in dem Moment ein Pflaster brauchen, kann ich ihm ja eins rausreichen.

Jan braucht ständig ein Pflaster! Dauernd schneidet er sich mit dem scharfen Küchenmesser in die Finger. Einmal ist Mama sogar umgekippt, als sie das ganze Blut und seinen aufgeschnittenen Finger gesehen hat. Das war zu Ostern. Ich fand das gar nicht schlimm. Und Jan auch nicht. Er sagt immer: «Beim Schneiden kann man sich schneiden. Ich sehe das sportlich.» Darum geht Mama auch aus der Küche, wenn er anfängt, Gemüse zu schnippeln. Jan guckt nämlich lieber zu ihr als auf seine Finger, die die Möhre festhalten. Ich frage mich nur, warum er die Pflaster nicht gleich in der Küchenschublade liegen hat. Das wäre auf jeden Fall praktischer, dann müsste er nicht erst durch den

Flur, wo er alles voll blutet. Von der Küche bis ins Badezimmer hatten wir schon mal eine richtige Blutspur.

Ich steige aus der Dusche, schließe die Tür ab und rubble mich mit dem Handtuch trocken. Ob Papa noch im Hausflur sitzt und weint? Er ist schon öfter auf der Treppe sitzen geblieben und hat laut geweint. Jan würde so was nicht machen. Sowieso habe ich Jan noch nie weinen sehen. Er sagt: «Ich kann gar nicht weinen.» Mama sagt: «Gegen Weinen ist doch nichts einzuwenden. Das entspannt.» Jan sagt: «Von mir aus kann Leo so viel heulen, wie er will. Nur nicht bei uns im Treppenhaus, wo alle Nachbarn über ihn drüber stolpern.» Und ich weine auch nicht, weil sich Mama dann Sorgen macht und so aussieht, als würde sie auch gleich losheulen – um mal ein bisschen zu entspannen.

4

Als ich in die Küche komme, deckt Mama im Kerzenschein den Tisch, und auf dem Herd dampft der große Suppentopf. Ich setze mich an den Küchentisch, und bevor ich sagen kann, dass es gut riecht, fragt Mama:

«Na, wie war es bei Papa?»

«Ganz gut.»

«Was habt ihr denn gemacht?»

«Weiß ich nicht mehr.»

«Das glaube ich nicht.»

Stimmt. Aber soll ich erzählen, dass wir den ganzen Tag auf der Matratze gehockt haben, Charlie brechen musste, Papa in Kartoffelbrei getreten ist und Vanessa meint, dass Mama Papa nur benutzt hat, um schwanger zu werden? Dann würden sich Mama und Jan sowieso nur aufregen und sagen, dass Papa unreif ist. Vor allen Dingen, weil er Charlie so lange durch die Luft geschleudert hat, bis er sich übergeben musste. Besser, ich lenke ab:

«Mama ...?»

«Ja?»

«Ihr habt doch mal gesagt, dass ich ein Pony haben darf, wenn wir das irgendwo unterstellen können.»

«Na ja, wir haben gesagt, das könnte man dann mal überlegen.»

«Ich wüsste, wo man eins unterstellen könnte.»

«Aha! Wo denn?»

«In Papas Garten.»

«Ja …, aber …, dann müsstest du da immer hin, um auf dem Pony zu reiten.»

«Macht doch nichts.»

«Ist ihm das denn recht?»

«Bestimmt.»

Mama scheint sich die Sache zu überlegen. Sie guckt in die flackernde Kerzenflamme und kratzt sich am Kopf. Sie guckt ziemlich lange in die Kerzenflamme. So lange, dass ich nochmal nachfrage.

«Darf ich ein Pony haben?»

«Du hast doch schon einen Hamster.»

Was soll das denn? Auf dem kann man doch nicht reiten! Wie kann Mama denken, dass ein Hamster dasselbe ist wie ein Pony?

«Das ist ja wohl nicht dasselbe.»

«Da hast du Recht.»

«Bitte, darf ich ein Pony haben?»

«Das müssen wir mit Jan besprechen.»

Ich verstehe nicht, warum Mama nicht «ja» oder «nein» sagen kann, ohne Jan zu fragen. Ich meine, es geht doch nur darum, ob ich ein Pony haben darf.

«Hättest du denn was gegen ein Pony?»

«Nein. Ich kann das bloß nicht allein entscheiden.»

Jan kommt mit Alfreds leer getrunkener Milchflasche in

die Küche, und dann sitzen wir im Kerzenschein am Küchentisch und löffeln Kartoffelsuppe. Die schmeckt ziemlich lecker. Jan macht echt die beste Kartoffelsuppe, die es gibt. Mit ganz vielen Würstchenstücken und kleinen Klößen. Nur leider kann ich die Suppe erst richtig genießen, wenn die Pony-Sache geklärt ist. Die Frage ist nur: Wie fange ich am günstigsten damit an?

«Jan ...?»

«Was denn?»

«Kann ich ein Pony haben?»

«Du hast doch schon einen Hamster.»

Was haben die denn immer mit dem Hamster? Ich meine, eine Sache muss ich mal klarstellen: Rudolph gehört nicht nur mir, sondern der ganzen Klasse. Und sein Käfig steht auch nicht in meinem Zimmer, sondern bei uns in der Schule. Ich teile mir einen Hamster mit 24 Leuten! Außerdem kann man, wie gesagt, nicht darauf reiten.

«Darauf kann man aber nicht reiten.»

«Wo willst du denn hier in der Stadt das Pony unterstellen?»

«Bei Papa im Garten.»

«Na ja ...»

«Was denn?»

«Dann müssten wir dich jeden Tag zu Leo fahren, und ehrlich gesagt reicht es mir schon, dich einmal in der Woche da hinzubringen.»

«Papa könnte mich ja auch abholen.»

«Hm ...»

«Was denn?»

«Ich weiß nicht, ob das so sinnvoll wäre. Du hast ja gerade gemerkt, wie das endet.»

«Bitte!»

«Ich glaube, das ist keine so gute Idee.»

«Bitte!»

«Was meinst du, Helene?»

«Na ja, ich weiß nicht. Leo hat ja auch sehr viel mit seiner Hot-Dog-Bude zu tun ...»

Das hätte ich mir ja denken können, dass daraus nichts wird. Echt blöd! Papa hätte bestimmt nichts gegen ein Pony in seinem Garten. Aber nein. «Kommt nicht in Frage!» Toll! Mama streicht über meinen Rücken, und ich sitze nur da, ganz steif, und gucke in die Kerzenflamme auf dem Tisch. Jan steht auf, dabei verrutscht die Tischdecke. Er redet eben nicht gerne über Papa. Also geht er aus der Küche, und Mama zieht die Tischdecke wieder zurecht. Dann setzt sie sich auf Jans Platz und legt ihre Hand auf meine Hände. So sitzen wir, und ich gucke zu diesem Händehaufen, dem Ehering an Mamas Finger, der im Schein der Kerze glänzt. Im goldenen Ring sehe ich mich. Klein, ganz weit weg und verschwommen. Nur ein bisschen Kopf mit zwei dunklen Punkten. Das sind die Augen. Sie gucken auf diesen Ring, darin ist ein Raum, in dem ein einsames Mädchen sitzt. Das bin ich.

5

Als ich am nächsten Morgen aufwache, höre ich Alfred in seinem Zimmer leise quasseln. Das macht er schon so früh, dass wir uns alle wünschen, er würde mal ein bisschen länger schlafen. Denn wenn Alfred anfängt zu quasseln, muss einer aufstehen, um sich mit ihm zu beschäftigen. Alfred quasselt nämlich nicht gerne alleine. Meistens steht Jan auf, damit Mama noch liegen bleiben kann. Er sagt: «Der Schlaf der Mutter ist heilig.» Heute steht keiner auf. Jedenfalls höre ich niemanden durch den Flur in Richtung Alfreds Zimmer schleichen. Die Sonne kommt durch den zugezogenen Vorhang, und ich muss erst mal überlegen, welcher Tag heute ist. Es dauert ein bisschen, bis mir einfällt, dass Sonntag ist und ich an der Reihe bin, aufzustehen. Sonntags wollen Mama und Jan nämlich gerne mal ausschlafen, und ich bin fast ein wenig enttäuscht, dass ich nicht zur Schule muss. Nicht, weil ich den Unterricht so toll finde, sondern weil ich da Moritz sehe. Und der wäre eine gute Ablenkung für mich. Mir fällt nämlich schon wieder die Pony-Sache von gestern Abend ein, und ich möchte erst recht nicht an Papa denken, der an die Tür bollert und schreit: «Gebt mir meine Tochter! Gebt

mir meine Tochter!» Also stelle ich mir ganz schnell Moritz vor, wie er in der Klasse direkt vor mir sitzt. Das ist echt praktisch, weil ich ihn so die ganze Zeit von hinten angucken kann, ohne dass es jemand mitkriegt. Er hat hellblonde Haare und lispelt ziemlich. Außerdem hat er so einen Hautausschlag. Aber das macht nichts. So was hatte ich ja auch schon mal, und ich weiß, wie blöd das ist, wenn man sich den ganzen Tag kratzen muss. Besonders schlimm ist es an seinen Kniekehlen. Das ist mir beim Sportunterricht aufgefallen. Immer wenn die Klasse auf der Bank sitzt, um neue Mannschaften zu wählen, kratzt er sich. Letztes Mal hat das sogar ein bisschen geblutet. Ich hätte echt gerne zu ihm gesagt: «Hör auf zu kratzen, Herzchen! Das macht es nur noch schlimmer!» So, wie Mama das damals zu mir gesagt hat: «Hör auf zu kratzen, Herzchen! Das macht es nur noch schlimmer!» Aber ich habe mich nicht getraut. Kann ja sein, dass es Moritz peinlich ist, wenn man ihn drauf anspricht. Da halte ich mich lieber zurück.

Dabei fällt mir ein: Wir fahren morgen auf so eine Insel ins Landschulheim. Schick! Vielleicht macht die Klasse eine Nachtwanderung, und dabei gehen Moritz und ich verloren. So etwas kann doch passieren! Plötzlich stehen Moritz und ich alleine da. Mitten im Wald. Wir haben keine Ahnung, wo die Klasse ist. Gut wäre, wenn ich bei der Gelegenheit meine neue Hose und meinen neuen Pullover anhätte, die Mama mir extra für den Landschulheimaufenthalt gekauft hat. In den neuen Sachen sehe ich ziemlich gut aus, und das würde Moritz bestimmt gefallen. Wahrscheinlich würde er mir einen Kuss geben. So, wie Desiree, neulich auf dem Schulhof.

Desiree geht auch in meine Klasse und ist schon «ordentlich entwickelt», wie Mama sagt. Außerdem schminkt sie sich und hat enge Jeans an, wo ihr Po oben rauskommt. Letzte Woche war ich zu ihrem Geburtstag eingeladen. Das heißt, als ich mitgekriegt habe, wie sie an Diana, Sarah und Ufuk Einladungen verteilt, habe ich gefragt, ob ich auch kommen darf. Desiree hatte nichts dagegen, und als ich da war, wäre ich am liebsten gleich wieder gegangen. Es war echt ein langweiliger Nachmittag, weil wir nur in ihrem Zimmer auf dem Bett rumgesessen haben. Dabei haben wir Musik gehört, und die Mädchen haben von irgendwelchen Jungs geredet, die ich gar nicht kannte. Später, als es schon gedämmert hat, sind wir noch ins Einkaufszentrum gegangen und haben vor einem Frisiersalon rumgestanden. Das war auch langweilig, weil sich Sarah, Diana, Ufuk und Desiree mit ein paar fremden Jungs unterhalten haben, die ununterbrochen vor mir auf den Boden gespuckt haben. Ich wollte nicht hingucken, aber ich hatte die ganze Zeit das Gefühl, dass die mir direkt auf die Füße zielen. Das war vielleicht eklig! Zum Schluss hat der eine Junge Diana noch mit seinen Dreckfingern an der Schulter geschüttelt, und Sarah hat den Jungen ein bisschen an der Jacke gerissen, und auf einmal ging es ziemlich hin und her. Ich wusste gar nicht, was los ist, bis Desiree mich plötzlich an die Hand genommen hat: «Komm schnell!» Wir sind gerannt! An den Geschäften vorbei, immer geradeaus, bis wir uns in einem dunklen Hausflur versteckt haben und kaum noch

Luft bekommen haben. Seitdem habe ich das Gefühl, Desiree weiß, wie das Leben läuft.

Auf jeden Fall muss ich jetzt aufstehen und zu Alfred rübergehen. Der quakt nämlich schon sehr laut, und das wird immer lauter werden. Zum Schluss kommen Jan und Mama aus dem Schlafzimmer und fragen, warum Alfred so laut quakt und warum ich mich nicht um ihn kümmere.

Als ich ins Zimmer komme, steht Alfred in seinem Gitterbettchen und brüllt schon ordentlich. Ich sage mit so einer ganz lieblichen Stimme: «Alfi, hallo, Alfi. Du musst nicht weinen.» Und das Gute an Alfred ist, er hört sofort auf. Bums. Schon lacht er und macht so ein komisches Geräusch, was Jan immer versucht nachzumachen. Aber man kann dieses Geräusch nicht nachmachen. Es ist ein echtes Baby-Freudengeräusch. Jetzt wippt Alfred aufgeregt rauf und runter. Wie ein Affe im Zoo. Dabei lacht er, und ich nehme ihn raus und gebe ihm einen kräftigen Kuss auf die dicke Wange. Alfred riecht so gut, und er ist so weich. Ich könnte den ganzen Tag mein Gesicht über sein Gesicht reiben, weil er diese weichen, weichen Wangen hat. Und sein Schlafanzug riecht auch richtig gut. Ich drücke ihn fest an mich, und da merke ich, dass er sehr schnell gewickelt werden muss.

Ganz einfach ist das nicht, weil er sich auf der Wickelkommode immer hin- und herrollt und mit den Beinen strampelt. Am besten, man gibt ihm eine Rassel oder noch besser eine von seinen Socken zum Spielen. Dann knöpft man unten seinen Schlafanzug auf, öffnet vorsichtig die

Verschlüsse der Windel und hält seine dicken Beinchen gut fest, damit er nicht in seiner vollen Windel rumstampft.

Als das Windeln erledigt ist, ziehe ich mich schnell an, damit wir einen kleinen Sonntagsspaziergang machen können. So lange setze ich Alfred auf mein Bett, wo er sich gleich die Füße von meinem rosa Kuschelhasen in den Mund stopft. Der Kuschelhase heißt übrigens «Kaufmannsladen». Fragt mich bitte nicht, warum. «Kaufmannsladen» hat ganz lange, dünne Arme und Beine, und die Augen sehen aus wie zwei Blumen. Darum sagt Jan immer: «Das ist eine Mutation.» Aber vielleicht findet er das auch nur, weil ich ihn von Papa gekriegt habe. Alfred ist das egal. Der mag meinen Kuschelhasen sehr gerne, besonders die Füße, weil die blaue Frotteesohlen haben. Die steckt er sich immer ganz in den Mund und krabbelt damit über die Matratze. Jetzt setzt er sich hin, hält «Kaufmannsladen» am Arm und schleudert ihn ordentlich hin und her. So wie Papa das gestern mit Charlie veranstaltet hat. Und weil ich nicht schon wieder daran denken möchte, machen Alfred und ich uns auf den Weg.

Ich schiebe Alfred in der Karre aus dem Haus auf die Straße. Die ersten gelben Blätter fallen von den Bäumen, und die Autos haben so eng geparkt, dass ich gar nicht weiß, wie wir auf die andere Straßenseite kommen sollen. Das ist jedes Mal das Gleiche. Ich frage mich, ob die Autofahrer keine Kinder haben oder selber nie zu Fuß gehen. Die verstehen einfach nicht, dass man immer ein bisschen Abstand zum nächsten geparkten Auto halten muss, da-

mit die Fußgänger mit Kinderwagen durchkommen. Also bleibe ich auf unserer Seite, obwohl ich lieber drüben gehe, weil da die ganzen Schaufenster von den kleinen Geschäften sind. Am schönsten ist das vom Teeladen. Da stehen viele getöpferte Teekannen und Teeschalen, und auf die grün glasierte spare ich, weil ich die Jan zum Geburtstag schenken will.

Jetzt finden Alfred und ich doch noch eine Lücke zwischen den Autos, und wir quetschen uns durch, flitzen über die Straße, obwohl kein Auto kommt. Man weiß ja nie! Die kommen teilweise so schnell angerast, dass man echt auch mal Pech haben kann. Auf der anderen Seite gucke ich ins Teeladenschaufenster, um zu prüfen, ob der Teeladenbesitzer immer noch den Zettel an meiner reservierten Teeschale kleben hat. Ich habe nämlich mit ihm abgemacht, dass er sie nur an mich verkauft. Alfred mag es leider gar nicht, wenn man stehen bleibt. Sofort fängt er an rumzuzappeln und windet sich so lange hin und her, bis er sich aus den Gurten befreit hat und auf den Sitz stellen kann. Das soll er eigentlich nicht machen, weil er sich noch nicht alleine an der Lehne festhalten kann. Deswegen ist er schon einmal kopfüber aus der Karre auf die Straße gestürzt. Also muss ich ihn an seinem dicken Handgelenk festhalten, was nicht ganz einfach ist, wenn man auch noch die Karre lenken muss. Aber irgendwie geht es, und weil ich es schön finde, wenn Alfred lacht, sage ich mit ganz hoher Fiepsestimme: «Alfi, hallo, Alfi.» Darauf steht Alfred ziemlich. «Alfi, hallo, Alfi.»

Wir gehen langsam die Straße runter und wieder rauf,

und außer uns ist noch niemand unterwegs. Ich hoffe echt, dass Moritz morgen im Bus in meiner Nähe sitzt, damit ich ihn wieder heimlich beobachten kann. Schade ist nur, dass ich noch gar nicht weiß, neben wem ich im Bus sitzen werde.

Hauptsache nicht neben Astrid Battermann. Die kann ich nämlich überhaupt nicht leiden. Die sieht aus wie ein dummer Fisch. Im Übrigen ist klar: Wer neben Astrid Battermann sitzt, gehört zu den absoluten Außenseitern. Darum nennen wir sie auch alle «Arschtritt», damit jeder gleich weiß, dass sie unbeliebt ist. Am besten, ich rufe nachher Gloria an und frage, ob wir nebeneinander sitzen wollen. Bei Gloria kommt es darauf an, dass ich schneller bin als Katrin. Die ist nämlich noch ein bisschen mehr mit Gloria befreundet, was daran liegt, dass sich die beiden schon kennen, seit sie Babys sind. So was verbindet. Mama findet Gloria «unangenehm», weil ihre Eltern Angeber sind, die ständig irgendwelche Klassenfeste bei sich zu Hause veranstalten, wo es Berge von Essen gibt.

Bei so einem Fest sind einmal meine Lippen an einem Wassereis festgefroren. Vor lauter Schreck habe ich kräftig am Stiel gezogen, und Astrid Battermann hat gebrüllt: «Du blutest!» Ich dachte echt, jetzt frieren meine Lippen ein. Aber bevor ich richtig Angst kriegen konnte, hat Moritz meine Hand genommen und mich ganz schnell ins Klo gebracht. Da hat er den Wasserhahn aufgedreht und gesagt: «Los, halt deinen Mund drunter!» Und bums, ist das Eis wieder abgegangen. Ich glaube, in dem Moment habe ich gemerkt, dass ich ihn sehr gerne mag.

6

Als Alfred und ich nach Hause kommen, sind Mama und Jan schon aufgestanden. Mama hat ihr rosa geblümtes Nachthemd an, was Jan «hot» findet, und sie ist ziemlich gut gelaunt. Darum gibt sie uns eine Menge Küsse, und zum Schluss setzt sie Alfred in seinen grünen Hochstuhl. Zu mir sagt sie: «Herzchen, Hände waschen. Es gibt gleich Frühstück.» In der Küche ist schon der Tisch gedeckt, und im Badezimmer steht Jan unter der Dusche und singt: «Laterne, Laterne.» Darum wasche ich mir in der Küche die Hände, obwohl hier nur das Geschirrhandtuch hängt, und damit soll man sich nicht die Hände abtrocknen. Aber Mama macht das auch immer, wenn sie denkt, dass es keiner merkt. Sie fragt:

«Hast du gut geschlafen?»

«Ja.»

Mehr kann ich nicht sagen. Schließlich bin ich ein bisschen unter Druck, weil ich Gloria anrufen muss, bevor sich Katrin als ihre Sitznachbarin vorgedrängelt hat. Ich will echt nicht neben Astrid Battermann sitzen. Wie eine «Aussätzige» würde ich mich dann fühlen. Das sind Leute, die Lepra haben, hat mir Jan gesagt. Und mit denen will echt niemand was zu tun haben. Lepra ist nämlich eine ganz schlimme Krankheit, bei der einem die Knochen abfaulen. Da kann man sich gut ausrechnen, wie heiß Moritz darauf sein wird, mich zu küssen. Nämlich gar nicht. Wer küsst schon eine Aussätzige?

Gerade als ich sage: «Ich muss mal kurz Gloria anrufen», kommt Jan mit feuchten, zurückgekämmten Haaren in die Küche. Das ist dumm, weil er sagt: «Herzchen, jetzt wird erst mal gefrühstückt.» Mama sagt gar nichts. Sie setzt sich an den Tisch und fängt an, Alfred Brei zu füttern.

In meinem Kopf beginnt es zu rauschen, weil ich echt keine Zeit zum Rumbetteln habe. Ich will doch nur ganz kurz telefonieren, bevor es zu spät ist. Außerdem kann ich sowieso nichts essen, wenn es in meinem Kopf so rauscht. Darum sage ich: «Bitte, das geht auch ganz schnell.» Mama guckt Jan an, und der sagt: «Na gut, aber mach's kurz.»

Ich renne ins Wohnzimmer, um mir das Telefon zu holen, doch da liegt es nicht. Ich renne weiter rum, und ich weiß nicht, wo es ist. Normalerweise soll es immer in der Aufladestation im Wohnzimmer stecken, aber da steckt es nur ganz selten, weil man mit dem Telefon rumlaufen und dabei allerhand Sachen erledigen kann. Zum Beispiel Wäsche in die Waschmaschine stopfen. Und danach vergisst man meistens, es wieder zur Aufladestation zurückzubringen. Ich renne also rum, gucke in alle Zimmer und zum Schluss in die Küche. Es ist schlimm, wenn man telefonieren will und das Telefon ist nicht da. Das ist vor allen Dingen blöd, weil schon alle am Frühstücken sind und die Gefahr besteht, dass Jan sagt: «Setz dich hin. Nach dem

Frühstück suchen wir die Wohnung systematisch ab.» Aber da steht Mama schon auf und hilft mir, das Telefon zu finden, und das Witzige ist, es steckt doch in der Ladestation im Wohnzimmer. Mama zieht die Augenbrauen hoch und sagt: «Tztztz.» Ich lache, weil ich sehr froh bin, dass das Telefon so schnell gefunden wurde, und dann gehe ich in mein Zimmer und mache die Tür zu. Es muss ja nicht jeder mitkriegen, wie ich Gloria anbettle, dass ich neben ihr sitzen darf.

Die Nummer kann ich auswendig, weil ich die fast jeden Tag eintippe, um Gloria zu fragen, was wir für Schulaufgaben aufhaben. Das Blöde ist nämlich, dass ich die nach dem Unterricht sofort wieder vergesse. Mama hat mir extra schon ein schönes Notizbuch geschenkt, und von Jan habe ich auch eins gekriegt. Aber es bringt nichts. Ich schaffe es nicht mal, die Hausaufgaben überhaupt einzutragen. Jan sagt: «Das hat sie von ihrem Vater geerbt.»

Bei Gloria ist leider besetzt. Bestimmt telefoniert die gerade mit Katrin und macht mit ihr ab, dass sie morgen nebeneinander im Bus sitzen. Wenigstens ist schon geklärt, wer mit wem in einem Zimmer schläft. Unser Lehrer Herr Kalb hat mich noch bei Gloria und Katrin mit reingequetscht. Ich weiß echt nicht, warum ich keine beste Freundin habe. Alle Mädchen haben eine beste Freundin, nur ich nicht.

Bei Gloria ist immer noch besetzt, und bestimmt steckt Mama gleich ihren Kopf rein und will wissen, warum ich nicht frühstücken komme. Ich habe einen richtigen Klumpen im Hals, weil klar ist: Morgen werde ich im Bus neben

Astrid Battermann sitzen. Ich weiß es! Die Fahrt bis zum Landschulheim wird ewig dauern.

Würde ich mit Jan über das Problem sprechen, würde er sagen: «Sei froh, wenn du alleine sitzt. Dann hast du deine Ruhe.» Ruhe haben ist für Jan das Schönste. Es ist sogar schon passiert, dass Mama Gäste für Sonntag eingeladen hatte, und kurz bevor sie vor der Tür standen, ist er einfach in sein Arbeitszimmer gegangen und hat gemeint: «Tut mir Leid, Liebling, ich muss heute bei den Kampffischen bleiben. Das Weibchen hängt schon seit drei Tagen unter dem Nest, aber die Eiablage verzögert sich wohl. Heute Morgen sah es so aus, als könnte es jeden Augenblick so weit sein. Da muss ich dabei bleiben – ein unachtsamer Moment, und das Männchen frisst mir die ganze Brut auf.» Mir war klar, dass das nicht stimmt. Die Kampffische hatten nämlich gerade erst gelaicht. Jan mag einfach keine Gäste, weil er nicht weiß, was er mit ihnen reden soll. Da planscht er lieber mit dem Kescher in seinen Aquarien rum. Trotzdem musste Mama ziemlich weinen. Schließlich hatte sie extra einen Käsekuchen gebacken und sich auf die Gäste gefreut. Als die Gäste unten an der Haustür geklingelt haben, hat sich Mama schnell die Tränen weggewischt und noch ein bisschen geschminkt, die Gäste sollten ja nichts merken. Zum Schluss hat sie auch noch rumgelogen und gesagt: «Jan musste kurzfristig weg. Er hätte euch sehr gerne gesehen.»

Als die Gäste wieder gegangen waren, ist Jan gleich aus seinem Zimmer rausgekommen und hat freundlich gefragt: «Sind sie weg, Liebling?» Da ist Mama richtig böse geworden. Sie hat in der Küche scheppernd das Geschirr abgewaschen und ganz laut gesagt: «Wenn du das nochmal machst, kannst du deine Sachen packen!» Ich habe mir so lange in Jans Arbeitszimmer die Aquarien mit den Kampffischen genauer angeguckt. Die sind ziemlich interessant, weil die so lange Schwänze haben und ihre Farbe ändern, wenn man an die Scheibe klopft. Mama hat in der Küche weiter rumgeschimpft, und schließlich ist Alfred von dem Gebrüll aufgewacht. Ich bin schnell zu ihm rübergegangen und habe ihm den Nuckel zurück in den Mund gesteckt, damit er weiterschlafen konnte. Später, als Jan wieder betrübt bei seinen Fischen saß, haben Mama und ich es uns im Schlafzimmer auf dem großen Bett gemütlich gemacht und ferngesehen. Aber wir waren beide nicht so richtig bei der Sache. Mama hat die ganze Zeit mit dem Fuß rumgewippt, und ich habe gefragt:

«Soll Jan echt seine Sachen packen?»

«Um Gottes willen! Nein!»

«Aber weiß Jan auch, dass du das nicht ernst gemeint hast?»

«Aber natürlich weiß er das, Herzchen.»

«Woher?»

«Weil Erwachsene so etwas sagen, wenn sie sich ärgern. Das hat nichts zu bedeuten.»

Ich würde so was auf alle Fälle nicht zu Moritz sagen. Dafür hätte ich ihn viel zu gern. Vielleicht ist Mama echt so eine Frau, die zu den Männern immer sagt: «Pack deine Sachen.» Kann doch sein, dass Papa Recht hat, wenn er behauptet, Mama hätte ihn nur benutzt, um schwanger zu werden. Ich weiß nicht, was stimmt. Ich weiß nur, «Pack deine Sachen» sagt man nicht zu Leuten, die man liebt.

Aber man verdrückt sich ja auch nicht, wenn Gäste kommen.

Bei Gloria ist nicht mehr besetzt. Oje, was sage ich denn? Wie fange ich denn an? Ich kann doch nicht einfach sagen: «Sitzen wir morgen im Bus nebeneinander?»

«Germershausen?»

«Hallo, hier ist Mira, ist Gloria da?»

«Momentchen.»

Der Vater von Gloria sagt immer «Momentchen». Außerdem läuft er Marathon. Er ist sehr dünn, und sobald er am Nachmittag von der Arbeit kommt, zieht er sein Joggingzeug an und joggt los. Bis es dunkel wird. Manchmal hat er auch so ein komisches Rad an einem Stab dabei. Damit zählt er die Kilometer, die er joggt. Jan meint: «Herr Germershausen ist sportsüchtig.»

«Hallo, hier ist Gloria.»

«Hallo, hier ist Mira.»

«Wie geht's?»

«Gut. Ich wollte nur fragen, ob wir morgen zusammen im Bus sitzen wollen?»

«Geht leider nicht. Katrin sitzt schon neben mir.»

«Ach so. Okay. Macht nichts. Dann bis morgen.»

«Frag doch mal Astrid Battermann.»

«Ja, mache ich. Tschüs.»

Oh. Jetzt schießen mir aber die Tränen in die Augen und kullern mein Gesicht runter. Bevor ich gar nichts mehr denken kann, bevor ich mich nicht mehr bewegen kann, grabsche ich mir «Kaufmannsladen», der mit verdrehten Armen und Beinen am Fußende liegt. Ich drücke ihn an mich, ziehe die Knie bis unters Kinn. Jetzt ist es so weit. Ich kann mich nicht mehr bewegen. Ich sitze ganz still, die Tränen tropfen auf meine Knie und auf «Kaufmannsladen», der mich mit seinen Blumenaugen anguckt. In meinem Kopf ist Watte. Da ist nichts mehr drin außer ganz viel Watte. Es wird immer mehr. Morgen sitze ich allein im Bus. Um mich herum tobt die Klasse, alle trinken Trinkpäckchen, beißen in ihr Brot, nur ich bin allein. Vor dem Fenster stehen Mama und Jan mit Alfred. Sie winken, sogar Alfred winkt mir zu. Jan ruft: «Komm bald wieder!» Mama ruft: «Wir haben dich alle sehr lieb!» Und Alfred lacht, wie immer. Ich möchte gerne wieder aussteigen, aber der Bus fährt los, alle Kinder winken ihren Eltern zu. Mama, Jan und Alfred bleiben zurück und sind bald nicht mehr zu sehen.

Was ist denn los, mein Herzchen?»

Plötzlich steht Mama in der offenen Zimmertür, hält die Klinke in der Hand. Ich gucke zu ihr hoch, und dann muss ich noch mehr weinen. Mama setzt sich zu mir und legt ihren Arm um mich. Zum Glück gibt es Mama. Sie streicht mir die nass geweinten Haare aus dem Gesicht und gibt mir einen Kuss auf die Stirn. Und bevor ich irgendwas sagen kann, steht auch noch Jan mit Alfred auf dem Arm im Zimmer.

«Was ist denn hier los? Ich dachte, wir wollten heute die Schnecken aussetzen, damit die mir nicht die ganzen Wasserpflanzen auffressen.»

Ich muss gar nicht zu Mama gucken, ich weiß auch so, dass sie Jan mit den Augen ein Zeichen gibt, dass er uns allein lassen soll, damit wir unter Frauen reden können. Er hebt seine Hand und sagt:

«Ich geh ja schon.»

Dann sind wir wieder allein, und Mama fragt nochmal:

«Was ist denn los, mein Herzchen?»

«Weiß ich nicht!»

«Na klar weißt du das.»

«Nein, weiß ich nicht.»

«Weinst du wegen der Pony-Sache?»

«Nein.»

«Weinst du, weil Jan gestern die Tür vor Papas Nase zugehauen hat?»

«Nein.»

«Warum weinst du dann?»

«Wegen allem.»

«Wenn du mir nicht sagst, was los ist, kann ich dir nicht helfen.»

«Kannst du sowieso nicht.»

«Warum nicht?»

«Weil ich morgen allein im Bus sitzen muss.»

«Was ist denn mit Gloria?»

«Die sitzt neben Katrin.»

«Und was ist mit Astrid Battermann?»

«Ich hasse Astrid Battermann.»

Ich kann nicht verstehen, wie Mama jetzt mit Astrid Battermann anfangen kann. Mama weiß doch, wie blöd wir die alle finden, vor allen Dingen, weil die immer irgendwelche Sachen behauptet, die überhaupt nicht stimmen. Zum Beispiel lügt sie immer rum, dass sie ganz toll reiten kann und dass sie ein Pony bei ihrer Tante im Stall stehen hat. Astrid sagt: «Meine Tante hat so viele Pferde, dass sie die gar nicht mehr zählen kann.» Die spinnt echt, und ich bin mir sicher, die sagt das nur, damit wir sie gerne mögen, aber wir glauben ihr kein Wort, und außerdem findet Mama die auch ein bisschen «merkwürdig».

«Wenn ich ein Pony hätte, müsste ich morgen nicht allein im Bus sitzen.»

Ist doch wahr! Dann wüssten die Mädchen aus meiner Klasse, dass ich schick bin und nicht so eine Astrid, die nur rumlügt. Nee, echt. Ich wäre die Einzige, die ein Pony hätte, obwohl alle Mädchen eins haben wollen. Sogar Desiree. Die findet Ponys «richtig süß». Das hat sie mir mal gesagt, als wir in der Projektwoche zusammen ein Pony an unsere Klassenzimmerwand gemalt haben. Sie hat gesagt: «Die haben so treue Augen.» Und schon hat sie dem Pony mit dem Pinsel ganz lange gebogene Wimpern verpasst, was ich wirklich kitschig fand. Trotzdem habe ich gesagt: «Vielleicht kriege ich ein Pony.» Desiree hat gesagt: «Echt?» Und ich habe genickt.

Ich dachte ja auch, dass ich ein Pony kriege. Das wäre wirklich gut gewesen, um zu verhindern, dass ich neben «Arschtritt» Battermann im Bus sitzen muss.

Moritz hätte bestimmt auch nichts gegen ein Pony. Dann könnten wir damit zusammen an der Schule vorbeispazieren und uns mit dem Reiten abwechseln. Da würden die anderen aber gucken. Besonders die Angeber-Gloria. Die darf nämlich kein Pony haben, weil sie gegen Tierhaare allergisch ist.

«Ich hätte echt gern ein Pony.»

«Ich weiß.»

Mama zieht mich an sich, und so sitzen wir und gucken rüber zur Kommode, wo meine gelbe Spieldose steht. Wenn man die aufklappt, spielt eine Melodie los, und dazu dreht sich ein kleines weißes Plastikpferd im Kreis. Die Dose hat mir Jan geschenkt, als ich meinen ersten Zahn verloren habe. Ich weiß noch, wie ich mich damals gefreut habe. So, wie ich mich jetzt über ein Pony freuen würde. Nee, ich würde mich noch mehr freuen. Ich kann gar nicht sagen, wie doll. Ich muss mir nur vorstellen, wie mir Mama und Jan ein kleines Pony an der Longe überreichen und sagen: «Das ist jetzt dein neuer Freund!» Ich würde in diese lieben Augen sehen und gleich mit meinem Striegel das Fell striegeln, damit es sich angenommen fühlt und weiß, dass ich es über alles lieb habe. Und Alfred dürfte auch mal darauf reiten. Das wäre schön. Mir würde sogar fast schon ein kleines Falabella-Pony reichen. Hauptsache, ein Pony! Na ja. Auf jeden Fall bin ich froh, dass Mama jetzt über die blöde Bus-Sache Bescheid weiß, und darum höre ich auf zu weinen. Vielleicht überlegt sie sich unter diesen Umständen die Sache mit dem Pony nochmal ganz genau. Das wäre gut.

7

Ich sitze im Bus neben Astrid Battermann, und sie freut sich wirklich. Besonders, weil sie es geschafft hat, sich auf den Fensterplatz zu drängeln. Jetzt kann ich gar nicht richtig Mama, Jan und Alfred zuwinken, die draußen auf dem Parkplatz stehen. Jan hält Alfred hoch, sodass ich wenigstens sehe, wie er seinen Mund aufreißt. Moritz sitzt auch nicht schräg vor mir, sondern ganz hinten zwischen Desiree, Jonas, Diana und Ufuk auf der Rückbank. Ich höre Desiree kreischen, und ich vermute, sie haben es schon ordentlich lustig, bevor wir überhaupt losgefahren sind. Astrid Battermann drückt sich an die Fensterscheibe und macht ihrer dicken Mama, die sich auch noch direkt vor meiner Familie aufgestellt hat, merkwürdige Zeichen. Ich hasse die Battermanns. Ich hasse sie wirklich. Sie haben kein Gespür für andere Leute.

Obwohl der Busfahrer schon den Motor laufen lässt, können wir nicht losfahren, weil sich unser Klassenlehrer Herr Kalb draußen noch von Glorias Eltern voll quatschen lässt. Gloria ist schon drinnen und ruft: «Meine Mutter hat für die ganze Klasse Marmorkuchen gebacken.» Alle klatschen und finden das super. Nur ich nicht. Ich weiß genau, warum Glorias Mama so viele Kuchen gebacken hat: damit die Klasse Gloria gerne mag. Ist doch klar. Ich frage mich nur, warum das außer mir keiner schnallt. Das sind alles solche Schafe. Denen muss man nur Marmorkuchen vorsetzen, und schon machen sie «Mäh!». Ich finde meine Klasse echt beknackt, besonders den kleinen Herrn Kalb. Die Kühltasche von Germershausens ist fast so groß wie er. Da ist natürlich der Marmorkuchen drin, und ich frage mich, warum Herr Kalb nicht kapiert, dass der Marmorkuchen dazu da ist, dass Gloria seine Lieblingsschülerin ist und gute Noten bekommt. Rechtens ist das nicht, was Germershausens da mit dem Marmorkuchen und Herrn Kalb anstellen. Jan sagt: «Das ist Bestechung!» Und «Bestechung» ist auf alle Fälle strafbar. Aber der ist zu blöd, das zu merken. Mama sagt: «Solche Lehrer müsste man verbieten!»

Ich versuche, an Astrids riesigem Kopf vorbeizugucken, damit ich meiner Familie noch einmal zuwinken kann. Aber Astrid hampelt wie verrückt vor dem Fenster rum, sodass ich nur ihre blöden krausen Haare, die sie in zwei alberne Zöpfe geflochten hat, sehe. Vielleicht sollte ich einfach aussteigen, meine Tasche aus dem Kofferraum nehmen und mit meiner Familie nach Hause gehen. Doch dazu ist es jetzt leider zu spät. Herr Kalb taucht nämlich vorne mit der großen, gelben Kühltasche im Bus auf und sagt ins Mikrophon: «Wir sagen ein herzliches Dankeschön an Germershausens, die uns für eine Woche Marmorkuchen spendieren.» Die Schafe klatschen in ihre Hufe, und wir rollen langsam über den Parkplatz auf die Straße.

Astrid wird endlich ein bisschen ruhiger und sagt: «Ich fress einen Besen. Eine Woche ohne meine Mutter. Genial.»

Ich nicke nur, sehe aus dem Fenster, zu meinen Leuten. Jan hat den Arm um Mama gelegt, und auf dem anderen sitzt Alfred. Sie lächeln und winken und werfen mir Kusshände zu. Jan ruft: «Komm bald wieder!» Das kann ich von seinen Lippen ablesen, und am liebsten würde ich hier bleiben. Bei meiner Familie.

Als Erstes packt Astrid Battermann ihre Brote aus. Graubrot mit ordentlich Butter und Leberwurst. «Ich fress einen Besen. Leberwurst. Genial.» Mit vollem Mund schmatzt sie rum, und ihre Lippen glänzen fettig. Ich lächle kurz rüber, weil Mama immer sagt: «Man muss zu jedem freundlich sein.» Ich meine, Astrid kann ja vielleicht wirklich nichts dafür, dass sie so unappetitlich isst und kein Gespür für gar nichts hat. Die ist eben stumpf. Die merkt nicht, wenn man seine Ruhe haben will. So wie ich gerade. Vielleicht sollte ich einfach die Augen zumachen und mir vorstellen, dass Moritz neben mir sitzt, vorsichtig meine Hand nimmt und ganz leicht darüber streichelt. «Ich liebe dich!», könnte er sagen.

«Ich fress einen Besen. Ich hoffe, ich kriege nicht meine Tage.»

Astrid guckt mich mit ihren glubschigen Augen an, und ich weiß wirklich nicht, was ich sagen soll. Ich meine, was sagt man dazu? Mit diesem Thema kenne ich mich noch nicht so gut aus. Und ehrlich gesagt will ich darüber auch nichts hören.

«Ich fress einen Besen, wenn ich meine Tage kriege.»

Ich habe es gehö-hört! Trotzdem habe ich keine Ahnung, was ich dazu sagen soll! Echt, keine Ahnung. Darum nicke ich nur. Woher soll ich wissen, ob Astrid ihre Tage kriegt. Das weiß ich doch nicht. Und ich frage mich, wie Astrid darauf kommt, dass ich mit ihr darüber reden will. Ich will ja nicht mal mit Mama darüber reden.

«Ich fress einen Besen. Meine Mutter hat gesagt, es kann sein, dass ich meine Tage zum ersten Mal im Landschulheim kriege. Darum hat sie mir was mitgegeben.»

«Was denn?»

«Mann, bist du beknackt! Was wohl!»

«Was denn?»

«Sag ich dir nicht, du Baby!»

Jetzt verstehe ich gar nichts mehr. Jan hat echt Recht, wenn er sagt, dass ich froh sein soll, wenn ich alleine sitze. Astrid ist nicht ganz dicht. Ich muss es leider so sehen. Das behalte ich natürlich für mich, wem soll ich es auch sagen? Jetzt denken sowieso alle, dass ich genauso wenig dicht bin wie Astrid, weil ich neben ihr sitze. Bestimmt denken alle, dass ich das freiwillig mache und Astrid meine beste Freundin ist. Aber sie ist nicht meine beste Freundin, sie hat sich neben mich gequetscht und dann auch noch ans Fenster! Ich kann mich nicht mal wegdrehen und rausgucken. Dann könnte ich mir wenigstens vorstellen, wie ich da draußen mit Moritz zwischen den Bäumen rumlaufe: Wir halten uns an den Händen, und Moritz sagt schon wieder: «Ich liebe dich mehr als mein Leben.»

Eine Sache möchte ich echt wissen: Woher weiß man, wie man sich küsst? Es gibt ja verschiedene Arten, sich zu küssen. Das habe ich mal in einem Film gesehen. Es kann zum Beispiel sein, der eine will ganz viele kleine Küsse geben, und der andere macht den Mund weit auf. Das ist doch peinlich. Ich muss das echt rausfinden, bevor ich anfange, mich mit Moritz zu küssen. Ich nehme an, er weiß, wie das geht, und es wäre nicht gut, wenn ich dann keine Ahnung habe und alles falsch mache. Den Einzigen, den ich das fragen könnte, wäre Papa. Der würde bestimmt gerne über das Thema sprechen. Zu blöd, dass ich das nicht schon geklärt habe.

Und wie ich mir das Ganze gerade so schön vorstelle, muss Gloria da vorne natürlich das Lied anstimmen, das wir gerade im Musikunterricht gelernt haben. «Hoch auf dem gelben Wa-ha-gen». Katrin singt gleich mit und dann die ganze Truppe um Gloria und Katrin herum. Das machen die nur, damit Herr Kalb denkt, was sie für nette Mädchen sind. Unter uns gesagt: Das sind alles Schafe! Jetzt singen sie auch noch im Kanon, und ich weiß, dass dieses Gequäke Jan in den Wahnsinn treiben würde. Mich treibt es auch in den Wahnsinn, weil es richtig schrecklich klingt. Ich hätte echt zu Hause bleiben sollen.

Moritz denkt bestimmt, dass ich fleißig den Kanon mitplärre. Am besten, ich stehe auf und zeige, dass sich mein Mund nicht bewegt. Bei der Gelegenheit kann ich gleich feststellen, was sich bei ihm und Desiree auf der Rückbank tut. Ich würde mich echt gerne dazuquetschen und ein paar Witze machen. Jan und Mama sagen, dass ich witzig bin. Meine Klasse weiß das nur nicht. Wenn ich wollte, könnte ich viele lustige Witze machen, sodass alle lachen.

Aber ich bin mir nicht sicher, ob die Schafe das wollen. Außerdem glaube ich, die können meine Witze sowieso nicht verstehen, weil die alle stumpf sind. So wie Astrid.

«Ich fress einen Besen, wenn die nicht gleich mit ihrem blöden Gesinge aufhören.»

Ich lächle kurz rüber. Astrid hat sich die Finger in die Ohren gesteckt, und irgendwie ist es gut, dass uns wenigstens diese eine Sache verbindet. Wir wollen beide nichts von dem blöden Gesinge hören.

«Ich fress einen Besen …»

Und an dieser Stelle halte ich mir die Ohren zu. Ständig sagt sie: «Ich fress einen Besen!» Ich weiß nicht, woher sie das hat. Ich nehme an, aus dem Fernsehen oder so. Astrid ist so ein Mädchen, das ganz viel nachmacht, was sie im Fernsehen gesehen hat. Man merkt auch immer, wenn sie am Wochenende wieder irgendwelche Filme mit Pferden angeguckt hat. Dann redet sie am Montag von nichts anderem und behauptet, dass sie «Turniere» geritten ist: «Ich fress einen Besen, ich hab beim Hürdenlauf eine Medaille gewonnen.» Die anderen zeigen ihr dann immer einen Vogel, damit sie weiß, dass wir sie für eine Lügnerin halten. Astrid denkt wahrscheinlich, ich halte mir die Ohren zu, weil ich das Kanongesinge nicht hören will. Was ja auch stimmt, aber ihr «Ich fress eine Besen» ist mindestens genauso schlimm.

Ich gucke jetzt mal, was auf der Rückbank los ist. Natürlich muss ich das so machen, dass Moritz nicht merkt, dass ich zu ihm glotze. Am besten, ich drehe den Kopf hin und her, so, als würde ich auf beiden Seiten des Busses aus dem

Fenster sehen wollen. Wenn man sich gleichzeitig die Ohren zuhält, wird das allerdings schwierig. Darum lasse ich das mal kurz. Das Dumme ist, wenn ich den Kopf die ganze Zeit hin- und herbewege, kann ich nicht genau erkennen, was Moritz neben Desiree macht. Darum tue ich einfach so, als ob ich meine Jacke in die Ablage über Astrid stopfen will. So kann ich ganz gemütlich unter meinem Arm hindurchgucken. Und was ich da sehe, ist nicht schön: Desiree sitzt auf Moritz' Schoß, und der hat die Arme um ihren Bauch gelegt. Wie kann das passieren?, frage ich mich.

Woher weiß Desiree, dass Moritz das schön findet? Hat sie ihn vorher gefragt: «Darf ich mich auf deinen Schoß setzen?» Oder hat er Desiree gefragt: «Willst du dich auf meinen Schoß setzen?» Ich weiß nicht ganz, wie so etwas abläuft. Ich meine, man muss doch wissen, ob dem anderen das recht ist. Aber wie findet man das raus? Es wäre doch ziemlich blöd, wenn man freundlich nachfragt und der andere sagt einfach: «Spinnst du?!» Das würde mir garantiert passieren. Irgendwie muss es so eine Geheimsprache geben, dass die Leute wissen, dass sie sich lieben. Aber wo lernt man diese Sprache? Ich habe echt keine Ahnung. Ich weiß ja nicht mal, woher die Mädchen ihre Geheimsprache haben, in der sie sich in der Pause unterhalten, wenn ich daneben stehe und nichts mitkriegen soll.

Ich setze mich wieder hin, und jetzt gibt es wirklich keinen Grund mehr, warum ich mit diesen Schafen ins Landschulheim fahre. Eine Woche lang werde ich mir mit ansehen müssen, wie Moritz und Desiree Arm in Arm

rumlaufen. Toll! Am besten, ich gucke erst mal auf das hockgeklappte Tischchen an dem Sitz vor mir. Auf diesen kleinen grauen Hebel, mit dem man das Tischchen am Stuhl festklemmt. Da gucke ich hin und halte mir wieder die Ohren zu, weil gerade «Vom Aufgang der Sonne» im Kanon gesungen wird. Von wegen! Hier geht gerade alles den Bach runter.

8

Ratet mal, wo ich bin! Ihr kommt nicht drauf! Auf einer Fähre! Das Landschulheim, zu dem ich mit meiner Klasse unterwegs bin, befindet sich nämlich auf einer Insel, von der ich leider den Namen vergessen habe. Ich könnte Astrid Battermann danach fragen, aber die würde ganz laut schreien: «Ich fress einen Besen, Mira weiß nicht, wie die Insel heißt!» Und alle würden sagen: «Ist die beknackt!» Darum lasse ich das lieber. Ich stehe ganz allein an der Reling, der Wind weht mir um die Ohren, die Wellen spritzen hoch, und wenn man hinunter ins Meer sieht, kann man sich vorstellen, wie es einen verschluckt. Runter, ins Dunkle. Da hilft kein Freischwimmerabzeichen.

Mit meiner Familie bin ich schon ganz oft auf dem Weg in den Urlaub mit einer Fähre gefahren. Letztes Mal hatten wir sogar panierte Koteletts dabei. Für jeden eins. Nur für Alfred nicht, der hat ja noch keine Zähne. Zum Schluss ha-

ben wir die Knochen über das Geländer ins Meer geschleudert. Jetzt liegen sie da unten auf dem Meeresgrund, und fast möchte ich ihnen zurufen: «Hallo, Freunde! Ich bin hier oben und grüße euch!» Nee, wirklich. Irgendwie fühle ich mehr Freundschaft zu den abgenagten Kotelettknochen auf dem Meeresgrund als zu meinen Klassenkameraden. Die rennen überall auf dem Schiff rum und holen sich am Kiosk im Unterdeck was zu trinken und Gummibärchen. Gloria, Katrin und die anderen Kanon-Mädchen haben sich bunte Kopftücher umgebunden und sitzen mit Herrn Kalb zusammen auf den grünen Bänken an Deck. Sie sind alle ganz dicht an ihn herangerutscht und quatschen ihn voll. Astrid Battermann sitzt ohne Kopftuch mit dabei und stopft sich schon wieder ein Brot mit Leberwurst rein. Dabei glotzt sie den Mädchen zu, wie sie sich an Herrn Kalb ranmachen. Manchmal vergisst sie sogar zu kauen, so interessant findet sie es. Ich gucke lieber in Richtung Treppe, die unter Deck führt. Und in dem Moment kommen Moritz und Jonas hoch, mit Gummibärchentüten in ihren Händen. Jonas geht rüber zu den Mädchen, aber Moritz kommt direkt auf mich zu und bleibt neben mir an der Reling stehen. Ohne etwas zu sagen, beugt er sich über das Geländer, so weit darüber, dass ich denke, gleich stürzt er runter. Vor allen Dingen, weil er dabei auch noch auf der untersten Geländersprosse steht! Ich bin mir sicher, dass man das nicht darf. Und ich weiß nicht, wovor ich mehr Angst habe: dass Moritz ins Wasser fällt oder dass einer von den Fährmännern kommt und ihn ausschimpft. Dann würde er mir plötzlich so fipsig vorkommen, und ich hätte vielleicht kein Interesse mehr an ihm. Moritz kneift die Augen zusammen, weil der Wind in sein Gesicht bläst, die Haare fliegen wie meine nach hinten, und plötzlich guckt er mich an und fragt:

«Bist du schon mal mit der Fähre gefahren?»

«Ja … Schon ganz oft.»

«Ich noch nie.»

«Wir fahren immer damit in den Urlaub.»

«Wir fliegen lieber.»

«Ich bin noch nie geflogen, weil meine Mutter Flugangst hat.»

«Meine auch. Aber wir fliegen trotzdem.»

«Meine Mutter würde nie in ein Flugzeug steigen.»

«Mein Vater sagt immer zu ihr: ‹Entweder du kommst mit oder nicht!› Und dann kommt sie mit.»

So was würde Jan nie zu Mama sagen. Der möchte nämlich, dass Mama glücklich ist und keine Angst haben muss. Das hat er mal beim Abendbrot zu ihr gesagt. Ich weiß nicht mehr, warum, aber dass er es gesagt hat, weiß ich noch genau. Mama hatte nämlich gleich ein paar Tränen in den Augen und hat gemeint: «Was für ein Glück, dass wir uns gefunden haben!» Und dann haben sich die beiden über meinen Teller gebeugt und rumgeknutscht, sodass ich mit Alfred rüber ins Wohnzimmer gegangen bin. Außerdem will ich gar nicht unbedingt mit dem Flugzeug fliegen. Hinterher sagt der Pilot durch den Lautsprecher: «Wir stürzen ab.» Schon geht es im Sturzflug nach unten, und allen ist klar: Das war's! Papa sagt immer, dass Mama ihre Ängste an mich weitergibt. Aber das stimmt gar nicht. Ich

habe keine Angst, im Auto zu fahren. Und vor Hunden und Pferden habe ich auch keine Angst. Sowieso gibt es viele Sachen, vor denen Mama überhaupt keine Angst hat. Sie würde sogar von einer Brücke springen, nur um mich aus dem Wasser zu retten. Oder von der Fähre, falls ich über Bord gehen sollte. Ich bin mal gespannt, ob Moritz das auch für Desiree machen würde.

«Was würdest du machen, falls Desiree über Bord geht?»

«Wieso sollte sie über Bord gehen?»

«Weiß nicht. Nur so.»

«Keine Ahnung. Vielleicht würde ich ihr den Rettungsring hinterherschmeißen und dann Hilfe holen.»

«Bist du in Desiree verliebt?»

«Wie kommst du denn darauf?»

«Na, weil sie vorhin im Bus auf deinem Schoß saß.»

«Das hatte nichts zu bedeuten.»

«Aha.»

Moritz hüpft von der Geländersprosse runter, legt plötzlich seinen Arm um meine Schulter und meint nochmal: «Das hatte nichts zu bedeuten.» Ganz leise sagt er es in mein Ohr, und ich kann nur noch mit dem Kopf nicken. Dann nimmt er seinen Arm wieder weg und geht mit den Händen in den Hosentaschen zu den Windjacken und flatternden Kopftüchern rüber, wo sich inzwischen auch Desiree, Ufuk, Sarah und Diana hingesetzt haben. Alle stopfen sich Gummibärchen in den Mund, und ich frage mich, ob das eben was zu bedeuten hatte. Ich meine, niemand hat Moritz gezwungen, den Arm um mich zu legen. Ich habe richtig seinen Atem in meinem Ohr gespürt. Ganz dicht war er an mir dran. So dicht, wie Mama sonst nur an mich rankommt. Vielleicht wollte er mir damit ein Zeichen geben, dass er mich mag und mich heimlich unter Deck treffen will. Dann gehe ich jetzt mal runter und warte, dass Moritz hinterherkommt, damit wir uns da unten noch ein bisschen zusammensetzen können. Auf so eine Bank vor den Fenstern, hinter denen die Wellen toben.

Vorher gucke ich im Klo noch schnell in den Spiegel. In meinem neuen Pullover sehe ich ziemlich gut aus. Das ist wichtig, wenn ich jetzt gleich Moritz begegne. Schließlich soll er sich in mich verlieben! Ich mache die Klotür auf, aber da ist kein Moritz. Nur Tische, an denen fremde Leute sitzen. Keine Ahnung, was das jetzt wieder zu bedeuten hat. Am besten, ich lehne mich gegen so einen Pfeiler und warte noch ein bisschen. Vielleicht kommt Moritz ja gleich. Oder er hat nicht mitbekommen, wie ich runtergegangen bin. Wahrscheinlich sucht er mich jetzt überall.

Gerade als ich die Treppe wieder raufwill, kommt Diana runter, und hinter ihr Moritz. Ich will schon winken, aber Moritz guckt an mir vorbei und stellt sich mit Diana in die Schlange vor dem Kiosk. Also stelle ich mich unauffällig dazu und tue so, als ob ich mir auch was kaufen will. Dann wird er sich ja freuen und hoffentlich wieder den Arm um mich legen. Ich stehe direkt hinter ihm, ganz dicht dran, aber Moritz merkt leider gar nichts. Der ist doch echt blind! Quatscht gemütlich mit Diana rum und lässt sich von ihr in die Seite piken. Ich muss schon sagen: Lange gucke ich

mir das nicht mehr mit an. Zum Glück sind die beiden jetzt an der Reihe, und Diana bestellt sich ein Bier. Und weil sie, genau wie Desiree, schon «ordentlich entwickelt» ist, bekommt sie es auch. Ich kaufe mir lieber eine Milchschnitte, obwohl ich mich davon in der Grundschule mal übergeben musste. Aber Gummibärchen will ich nicht, und Bulette und Würstchen auch nicht. Nur, irgendwas muss ich ja kaufen, damit Diana nicht denkt, dass ich nur wegen Moritz in der Schlange stehe. Allerdings merkt nicht mal der was. Der setzt sich mit Diana, ohne nach rechts und links zu gucken, auf eine Bank am Fenster und teilt sich mit ihr das Bier. Dann mache ich es mir eben auf der Bank dahinter gemütlich. Irgendwann muss Moritz mich ja bemerken.

Ich warte und warte. Meine Milchschnitte habe ich schon längst aufgegessen, und am liebsten würde ich ihm einfach auf die Schulter tippen und sagen: «Hallo! Hier bin ich.» Doch das wage ich nicht, weil Diana dabei ist. Also warte ich weiter, und dieses Warten macht mich ganz kribbelig. Ich fange sogar schon an zu gucken, ob mein neuer Pullover Knötchen hat, die ich abzupfen könnte. Ich weiß echt nicht, was ich sonst machen soll. Gerade denke ich, die bleiben ja ewig sitzen, da stehen Moritz und Diana doch noch auf, und Moritz guckt wieder haarscharf an mir vorbei. Das ist echt seltsam! Eigentlich würde ich sagen: Der macht das mit Absicht! Ich weiß nur nicht, warum. Wahrscheinlich, weil er zu feige ist, vor Diana zu mir zu stehen. Deshalb würde ich es gut finden, wenn Herr Kalb die blöde Diana mit ihrer Bierflasche erwischen würde. Ihre Eltern müssten sie dann abholen, und das wäre richtig peinlich!

Ha, ich lache mich tot! Ich gehe trotzdem hinterher, weil ich immer noch gerne in Moritz' Nähe bin.

Oben an Deck hängen sich Moritz und Diana weit über die Reling und spucken runter. Es ist windig, die Spucke fliegt zur Seite weg und landet direkt auf meiner Jacke. Das ist eklig. Trotzdem tue ich so, als ob mir das nichts ausmacht. Und Moritz und Diana tun so, als ob sie gar nichts gemerkt haben. Ich bin mir sicher, nachher, beim Abendbrot, im Landschulheim, entschuldigt er sich bei mir. Nur vor Diana traut er sich nicht. Obwohl die Spucke von Moritz ist, will ich sie von meinem Ärmel kriegen, und darum gehe ich wieder runter, ins Klo.

Hier unten würde ich gerne bleiben, bis sich das Schiff wieder auf den Rückweg macht. Ich habe nämlich keine Kraft mehr, weiter so zu tun, als ob ich stahlhart bin. Aber erst mal wische ich meinen Ärmel mit ein bisschen Klopapier ab. So was Ekliges! Ich weiß echt nicht, was ich denken soll. Alle spucken mich an: Charlie, Moritz, Diana! Mir ist richtig schlecht. Spucke von anderen Leuten ist echt eklig. Vor allen Dingen hat mir Jan mal unter seinem Mikroskop gezeigt, wie viele verschiedene Bakterien in menschlicher Spucke enthalten sind. Da darf ich gar nicht dran denken. Tausende! Wie kleine Kaulquappen schwimmen die umher und warten nur darauf, jemanden mit ihrer Krankheit anzustecken. Und der dumme Herr Kalb kriegt auch nichts mit. Sitzt gemütlich zwischen den Mädchen und lässt sich alberne Lieder vorsingen. Der merkt ja nicht mal, wenn seine Schüler Bier trinken. Solche Lehrer sollte man wirklich entlassen!

Gerade als ich beschlossen habe, tatsächlich so lange hier unten im Klo zu bleiben, bis sich die Fähre wieder auf den Rückweg macht, kommt Astrid Battermann ins Klo gerannt und schreit:

«Wir müssen runter vom Schiff!»

Sie packt mich an der Kapuze: «Jetzt aber Galopp!» Und dann zieht sie mich auf den Gang, quer durch den Raum, an den leeren Bänken und Tischen vorbei. Ich denke schon: «Das Schiff geht unter!» Vor allen Dingen, weil hier unten kein Mensch mehr ist. Darum frage ich: «Geht das Schiff unter?» Aber Astrid antwortet nicht. Sie zieht mich nur weiter, die Treppe hoch, und oben gehen schon die ersten Leute von Bord. Allerdings nicht in Schwimmwesten und Rettungsbooten, sondern über einen Steg an Land. Dort steht auch schon meine Klasse und guckt blöd, als Astrid mit mir ankommt. Besonders Herr Kalb guckt blöd. Er schüttelt den Kopf und sagt: «Das war ja klar, dass wir auf Fräulein Mira warten müssen.» Und alle nicken.

9

Weil auf dieser Insel keine Autos fahren dürfen, gehen wir zu Fuß zum Landschulheim. Immer zu zweit nebeneinander, damit keiner von uns verloren geht. Astrid Battermann geht neben mir, und zum Glück hält sie den Mund. Im Entenmarsch marschieren wir an roten Steinhäusern und kleinen Vorgärten vorbei, in denen Rosen wachsen: dunkelrote, weiße, rosa Rosen. Am liebsten würde ich kurz stehen bleiben und mir diese vielen Rosen genauer angucken, weil das so hübsch aussieht. Aber meine Klasse geht weiter, und ich will nicht, dass Herr Kalb nochmal sagt: «Das war ja klar, dass wir auf Fräulein Mira warten müssen.» Ich glaube, dann würde ich echt weglaufen.

Hinter Astrid und mir hampeln Moritz und Diana so wild rum, dass sie uns die ganze Zeit in den Rücken stolpern. Astrid dreht sich jedes Mal um und sagt: «Könnt ihr mal mit dem Besoffenen-Quatsch aufhören?!» Leider kümmert das Moritz und Diana einen feuchten Dreck, so betrunken, wie die sind. Darum tue ich besser so, als wäre das nicht mein Rücken, als würde ich gar nicht hier sein. Ich stelle mir einfach vor, wie ich auf meinem Pony an der gan-

zen Klasse vorbeireite, sodass alle glotzen und neidisch sind, speziell Moritz, wenn er wieder klar ist und sieht, dass ich die Schickste bin: Meine Haare wehen im Wind!

Gerade als ich mir das so schön ausmale, schubst Diana Moritz so doll gegen mich, dass wir beide hinfallen. Das tut irre weh, was nicht so schlimm ist, weil Moritz auf mir drauf liegt. Und bevor ich irgendwas machen kann, zieht Astrid mich schon wieder hoch und schreit: «Ich fress einen Besen! Wenn uns nochmal einer von euch Besoffskis berührt, gibt's Tote!» Sofort hält die ganze Klasse an, um zu gucken, was bei uns los ist, und von vorne ruft Herr Kalb: «Was treibt ihr da?» Astrid flüstert nur: «Nichts, du Zwerg.» Und ich muss lachen.

Die Klasse geht weiter, immer geradeaus, an Wiesen mit Sträuchern vorbei, durch ein kleines Wäldchen, und irgendwann sind da nur noch Wiesen, durch die ein Trampelpfad führt. Auf dem müssen wir hintereinander gehen, bis wir endlich am Landschulheim ankommen. Das steht direkt am Dünenrand, ist aus rotem Backstein und hat zwei weiße Eingangstüren. Die Jungs sollen in den linken Eingang gehen und die Mädchen in den rechten. Ich weiß nicht, was das soll, weil wir uns in der Eingangshalle wieder begegnen. Drinnen suchen wir unsere Zimmer, die Mädchen auf der rechten Seite, die Jungs auf der linken.

Inzwischen hätte ich fast mehr Lust, mit Astrid Battermann in einem zu sein, anstatt mit der Marmorkuchen-Gloria und Katrin. Die schmeißen ihre Reisetaschen auf die Betten, in denen sie am liebsten schlafen wollen, und tun so, als sei ich gar nicht da. Macht mir nichts aus, ich will mir das Gequatsche von denen sowieso nicht anhören: «Zeig mal, was hast du für eine Haarbürste?» Darum gehe ich nach draußen, vor das Landschulheim.

Hier ist niemand, und jetzt fängt es auch noch an zu regnen. Trotzdem denke ich, dass es schlau wäre, noch ein bisschen vor dem «Jungstrakt» rumzulaufen. Es könnte ja sein, dass Moritz mich durch das Fenster sieht und schnell rauskommt. Dann könnte man es sich dahinten unter dem Schuppenvordach gemütlich machen. Ich gehe schon mal rüber und stell mich drunter, um ihn anzulocken. Der Regen wird immer doller, sodass der Rasen vom Fußballfeld schon ordentlich aufgeweicht ist, was nicht so gut ist, weil es zu dem Schuppen etwas bergab geht. Da kann man leicht ausrutschen. Aber ich schaffe es!

Über den Dünen ist der Himmel grau, dahinter hört man das Meer rauschen. Das wäre echt mein Traum: mit Moritz ein bisschen durch die Dünen hinterm Schuppen zu spazieren. Hand in Hand oder Arm in Arm, mit Regenjacken an, Kapuzen auf. Das wünsche ich mir schon lange: mit einem Jungen, den ich liebe, durch die Dünen zu spazieren und aufs Meer hinauszusehen. Das wäre echt gut. Na ja. Bis es so weit ist, stehe ich unter dem Schuppendach und gucke, wie der Regen von oben runterfällt.

Das war ja klar: Kaum stehe ich ein paar Minuten alleine unter dem Schuppendach, muss Astrid Battermann auftauchen. Langsam glaube ich, die rennt mir hinterher! Mit beschlagenen Brillengläsern und nassen, kräuseligen Haaren rutscht sie den kleinen, matschigen Hang zu mir herunter. Und als sie schon fast unten ist, glitscht sie aus. Die

flutscht so richtig hin. Mitten in den Matsch. Platsch. Da liegt sie und versucht, sich wieder aufzurappeln. Am besten, ich helfe ihr.

«Warte, ich helfe dir!»

«Ich fress einen Besen. So ein Scheiß!»

Sie grabscht nach meiner Hand, klammert sich ordentlich fest, und ich muss aufpassen, dass ich nicht auch noch hinplumpse. Das würde mir echt noch fehlen. Schließlich habe ich meine neue Hose an, und solange ich nicht weiß, ob Moritz die schon bemerkt hat, will ich mich damit nicht im Schlamm rumwälzen. Mann, Astrid ist ganz schön schwer. Ich muss kräftig an ihrem Arm ziehen.

«Aua!»

«Wenn du so schwer bist!»

Das hätte ich vielleicht nicht sagen sollen. Astrid ist ja nicht dick, sondern nur ein bisschen schwer. Das liegt an diesem ständigen Leberwurstbrot-Gemampfe. Sowieso sollten Mädchen keine Leberwurstbrote essen, das riecht immer so komisch. Trotzdem muss ich zusehen, dass ich Astrid aus dem Matsch gezogen kriege. Irgendwie findet sie keinen Halt mit ihren Füßen und glitscht immer wieder weg, egal, wie sehr ich an ihr rumziehe.

«Am besten, du stemmst dich mit deinen Füßen gegen meine.»

«Das geht nicht!»

«Los, mach!»

«So eine Scheiße!»

Endlich steht Astrid wieder auf zwei Beinen, aber anstatt sich bei mir zu bedanken, meint sie nur:

«Wegen dir ist jetzt meine ganze Hose voller Matsch!»
«Wieso wegen mir?»
«Weil Herr Kalb gesagt hat, dass ich dich suchen soll.»
«Tut mir Leid.»
«Davon kann ich mir auch nichts kaufen.»
«Es tut mir Leid.»
«Und noch was: Ich bin nicht schwer! Ist das klar?»

Ich nicke, und Astrid stapft durch die aufgeweichte Wiese zurück zum Landschulheim. Als sie den Hang hochgeklettert ist, dreht sie sich nochmal um und ruft: «Übrigens sollen wir zum Abendessen kommen.» Ich glaube, sie ist böse auf mich, und darum bleibe ich lieber unter dem Schuppendach stehen. Das Blöde ist nur, wenn ich jetzt nicht gleich im Speisesaal erscheine, regen sich alle auf, weil ich zu spät komme. Besser, ich falle nicht auf und setze mich einfach ganz still auf einen freien Platz. Mein Leben ist wirklich blöd.

Ich würde viel lieber über die Dünen davonlaufen, am Strand entlang und immer weiter, bis ich Menschen treffe, die ein bisschen freundlicher sind. Dann könnte sich meine Klasse ruhig Sorgen machen und sich wünschen, dass ich wieder auftauche. Besonders Herr Kalb müsste sich das wünschen, weil Mama und Jan dem echt die Hölle heiß machen, wenn er ohne mich ankäme. Ich sage euch, der würde ins Schwitzen kommen! Dummerweise wird es langsam richtig dunkel, und mir bleibt nichts anderes übrig, als zurück zu meiner Klasse zu gehen, obwohl ich keine Lust habe. Alle werden gucken und stöhnen, wenn sie mich sehen. Das kenne ich schon. Egal, was ich mache, sie stöhnen. Manchmal denke ich, die haben sich abgesprochen, dass sie mich blöd finden. Ich weiß nur nicht, warum.

Ich rutsche durch die aufgeweichte Wiese, die Regentropfen klatschen mir auf den Kopf und hinten in den Nacken, meine Schuhe sind voller Matsch. Wie Astrid klettere ich auf Händen und Füßen die glitschige Böschung hinauf, dabei klammere ich mich an Grasbüscheln fest, sodass es zwischen meinen Fingern quietscht. Ich hoffe nur, dass das Gras nicht ausreißt, wenn ich mich jetzt daran hochziehe. Oder dass meine Füße wegrutschen. Wie gesagt, ich habe meine neue Hose an. Hinter den erleuchteten Fensterscheiben vom Landschulheim sehe ich schon alle im Speisesaal sitzen. Hier draußen im Dunkeln stehe ich. Mir ist kalt.

10

Als ich in den Speisesaal komme, glotzen mich alle an, als hätten sie mich noch nie gesehen. Aber ich lasse mir nichts anmerken und gucke, wo ich mich hinsetzen könnte. Alle Tische sind besetzt, nur neben Moritz ist noch ein Stuhl frei. Desiree winkt mir zu, damit ich weiß, dass ich dazukommen darf. Desiree ist echt nett, auch wenn sie vorhin im Bus auf Moritz' Schoß gesessen hat. Aber das hatte ja, wie ich weiß, nichts zu bedeuten. Darum gehe ich rüber und Jonas schreit: «Ist das Matsch an deinem Schuh – oder Scheiße?»

Als sich alle wieder beruhigt haben, beißt Jonas in seinen Hot Dog, und Moritz und Desiree beißen auch in ihre Hot Dogs, und in der Mitte vom Tisch, auf einem großen Teller, liegen noch mehr. Ich mag eigentlich keine Hot Dogs, vor allen Dingen nicht solche: nur Würstchen mit ganz viel Ketchup. Normalerweise kommen da noch Remoulade, Gurken und Röstzwiebeln drauf. Das weiß ich, schließlich ist Papa Hot-Dog-Profi. Manchmal, wenn ich bei ihm bin,

steigen wir in seinen Lieferwagen und sausen los zu seiner Hot-Dog-Bude. Da bestellt er sich bei seiner Angestellten zwei Hot Dogs, stopft sie sich hintereinander rein und sagt mit vollem Mund: «Boa, hab ich einen Hunger!» Dabei tropft die rote und weiße Soße runter auf sein T-Shirt, aber das stört ihn nicht weiter. Er wischt einfach mit der Hand drüber und den Rest an seiner Hose ab, die sowieso schon ganz speckig ist. Da fällt ein bisschen Soße gar nicht weiter auf. Wenn er die beiden Hot Dogs aufgegessen hat, bestellt er sich bei seiner Angestellten noch zwei, und ich soll mal abbeißen. Aber ich will nicht, weil ich mich danach schon mal in seinem Auto übergeben musste. Das ging ganz schnell. Blöd war nur, dass unten im Fußraum Papas eingeschweißte Hot-Dog-Würstchen lagen. Die Pakete musste er dann alle einzeln abwaschen, weil die ja noch verwendet werden sollten. Wenn ich jetzt daran denke, wird mir sofort wieder schlecht. Darum ist es besser, ich esse nichts von den Hot Dogs. Das würde mir gerade noch fehlen, dass ich mich vor der gesamten Klasse übergebe.

Desiree schiebt mir den Teller hin:

«Willst du nichts essen?»

«Nein danke. Ich vertrage keine Hot Dogs.»

«Was?»

«Ich vertrage keine Hot Dogs. Davon muss ich mich übergeben.»

«Aha.»

Desiree zieht den Teller wieder zurück und macht eine komische Grimasse. Moritz und Jonas machen auch eine komische Grimasse, und dann gibt es nichts mehr zu sa-

gen. Ich gieße mir Früchtetee aus der roten Thermoskanne in meine Tasse und nippe daran, weil der so heiß ist, dass man sich damit ohne Probleme den ganzen Mund verbrühen könnte. Ich würde jetzt gerne etwas sagen, irgendwas Witziges, sodass Desiree, Jonas und Moritz merken, wie lustig ich bin, dass es mit mir was zu lachen gibt. Aber mir fällt nichts ein. In meinem Kopf ist nur Watte. Ganz viel Watte. Ich kann die Watte richtig fühlen, und wenn ich eins oft habe, dann ist es das Gefühl von Watte im Kopf. Es wäre toll, wenn mir was einfallen würde. Irgendein Witz, so, dass alle lachen müssen.

Um uns herum lachen doch auch alle an den Tischen. Die quasseln und lachen und kreischen. Nur an unserem Tisch nicht. Wir sitzen da und essen leise Hot Dogs. Außer mir natürlich. Ich nippe an dem Früchtetee, und ich weiß genau, warum Moritz, Desiree und Jonas nichts reden. Ich soll nicht wissen, was sie sich zu sagen haben. Und nachher, wenn ich weg bin, werden sie sich laut darüber aufregen, wie blöd und albern ich bin, weil ich keine Hot Dogs vertrage. Darum sage ich:

«Mein Papa hat eine Hot-Dog-Bude.»

Desiree, Moritz und Jonas gucken mich an, als hätte ich ein schlimmes Verbrechen gestanden. Es dauert ein bisschen, bis Moritz weiß, was er sagen soll:

«Echt? Ich dachte, dein Vater ist Biologe.»

«Nee, das ist mein Stiefvater.»

«Hast du zwei Väter, oder was?»

«Ja-ha. Der eine ist Biologe, der andere hat eine Hot-Dog-Bude.»

«Ist ja krass. Und kannst du da immer Hot Dogs essen, wenn du willst?»

«Könnte ich. Aber ich vertrage die ja nicht.»

«Nimmst du mich trotzdem mal mit?»

«Klar.»

«Ich meine, damit ich umsonst welche essen kann.»

«Klar.»

«Cool.»

Moritz guckt mich begeistert an, und ich denke, alles ist gut. Vor allen Dingen, weil sich Jonas zu mir über den Tisch beugt und auch noch eine Frage hat:

«Willst du dich hier wichtig machen, oder was?»

«Was?»

«Merkt doch jeder, dass du was von Moritz willst.»

«Will ich gar nicht.»

«Klar! Du läufst doch die ganze Zeit hinter dem her.»

«Gar nicht!»

«Wohl! Vorhin auf dem Schiff. Rauf und runter. Rauf und runter. Meinst du, wir kriegen das nicht mit?»

Als ich aufwache, kniet Herr Kalb am Boden und hält meine Matschschuhe nach oben. Das soll der mal lassen! Das ist unangenehm. Darum strample ich mit den Beinen als Zeichen, dass es mir gut geht und er meine Füße loslassen kann. Hinter Herrn Kalb hat sich auch noch meine gesamte Klasse versammelt und guckt auf mich runter. Ich weiß nicht, was ich machen soll. Am besten aufstehen. Alles an mir fühlt sich so verschwitzt und schlapp an. In meinen Fingern, Armen, Beinen und Füßen kribbelt es. Aber

ich will hier nicht vor meiner Klasse auf dem Boden liegen und mich anstarren lassen. Noch besser wäre, die gehen weg und lassen mich hier liegen, bis Mama und Jan mich holen. Jan soll mich raustragen und ins Auto setzen. Da erzähle ich alles, was passiert ist, und wir fahren wieder nach Hause, und alles ist gut. Damit sie Bescheid wissen, muss ich sie nur erst mal anrufen. Also stehe ich jetzt auf, doch Herr Kalb drückt mich sofort zurück und fummelt mit seinen schmutzigen Händen an meinem Handgelenk rum:

«Momentchen, junge Dame. Nicht so eilig. Dein Puls ist so schwach, dass ich ihn gar nicht mehr fühlen kann.»

«Ich kann aufstehen. Wirklich.»

«Nein, du bleibst bitte liegen! Ich habe die Verantwortung.»

«Lassen Sie mich los, Herr Kalb!»

«Also schön.»

Herr Kalb fasst mich am Arm, als sei ich seine Oma. Ich will allein gehen. Alles ist wieder gut. Ich will nur allein gehen und zu Hause anrufen, dass mich jemand abholt. Ich will hier keine Sekunde mehr bleiben. Kalb und die anderen sind nicht meine Freunde. Ich will weg. Das sage ich Herrn Kalb.

«Ich will weg.»

«Erst mal legst du dich hin.»

«Ich will meine Mutter anrufen.»

«Leg dich hin. Dann gebe ich dir mein Telefon.»

Herr Kalb bringt mich in unser Zimmer, und auf Katrins und Glorias Nachttischen stehen schon ihre Deospraydo-

sen und Diskobürsten. Ich lege mich auf mein Bett, und Herr Kalb gibt mir sein Telefon. Ich muss dreimal anfangen, unsere Nummer einzutippen, weil ich zu schwach bin, um mit der Fingerspitze die richtigen Tasten zu treffen. Endlich tutet es, und wenn ich Mamas Stimme höre, will ich sofort losheulen. Aber Mama meldet sich nicht, es tutet immer weiter. Herr Kalb sitzt auf meiner Bettkante und zieht die Stirn in Falten, was bei ihm besonders gut geht, weil seine Stirn irgendwie so dick ist. Wenn ihr wisst, was ich meine.

«Ist niemand zu Hause?»

«Nein.»

«Vielleicht sind sie weggegangen.»

«Die gehen nie weg.»

«Dann hören sie das Telefon eventuell nicht.»

Was soll ich denn jetzt machen? Ich kann doch nicht vor Herrn Kalb rumheulen. Darauf kann ich echt verzichten, dass der mich tröstet. Außerdem will ich hier weg, weil ich Moritz nie mehr begegnen will und auch den anderen nicht. Bestimmt wissen schon alle, dass Jonas behauptet, dass ich hinter Moritz herlaufe. Aber das stimmt gar nicht. Ich bin auf dem Schiff nur nach unten gegangen, um mir eine Milchschnitte zu holen. Der spinnt ja wohl. Vielleicht haben Mama und Jan das Telefonklingeln wirklich nicht gehört. Ich probiere es besser nochmal auf dem Handy.

«Ich probiere es nochmal auf dem Handy.»

«Es ist wichtig, nie die Hoffnung aufzugeben», hat Mama mal zu Jan gesagt, als sie sich wegen Papa gestritten haben. Ich hoffe so sehr, dass Mama jetzt ans Telefon geht.

Mehr will ich gar nicht. Nur, dass sie drangeht und ich sagen kann: «Holt mich ab!» Und wenn sie dann mit ihrer Stimme fragt: «Was ist denn los, Herzchen?», will ich richtig losweinen. Aber niemand, niemand geht ans Telefon. Ich bin denen egal. Die gehen einfach nicht ans Telefon. Oder noch schlimmer, sie sind nicht mehr da. Sie sind verschwunden, und ich werde sie nie wieder sehen. Vielleicht sind sie auch tot. Es kann doch sein, dass sie einen schlimmen Autounfall hatten. Alle sind tot: Mama, Alfred und Jan. Die gehen abends nie aus dem Haus, weil sie Alfred ja nicht allein lassen können. Es ist nach sieben. Da schläft Alfred längst. Und das Telefonklingeln ist normalerweise so laut, dass man das in allen Zimmern hört.

«Wahrscheinlich hatten sie einen Autounfall.»

«Wie kommst du denn darauf?»

«Weil sich niemand meldet.»

«Das hat bestimmt einen ganz einfachen Grund.»

«Welchen denn?»

«Keine Ahnung. Vielleicht hören sie das Telefon nicht.»

«Das hört man immer.»

«Dann weiß ich es auch nicht.»

«Die hatten einen Unfall.»

«Ach was. Nun mach dich mal nicht verrückt.»

«Wo sollen sie denn sonst sein?»

«Kannst du nicht jemand anderes anrufen, der eventuell Bescheid weiß?»

«Höchstens meinen Vater.»

«Ich dachte, du hättest das gerade schon probiert?»

«Ich meine, meinen richtigen Vater.»

«Äh … Ja. Dann mach das doch mal.»

Papa rufe ich gleich auf dem Handy an. Hauptsache, er hat es nicht wieder verloren, wie damals, als wir nachts auf der Straße rumgestanden haben und Mama und Jan versucht haben, uns zu erreichen. Im Hörer tutet es, vielleicht habe ich Glück, und Papa geht dran. Es klickt.

«Hallo?»

«Hier ist Mira.»

«Ah, Schneckchen. Das ist aber schön, dass du mich anrufst.»

«Kannst du mich abholen?»

«Abholen? Wieso? Warum? Wo bist du denn?»

«Im Landschulheim.»

«Ah, ja. Das hatte ich ganz vergessen. Wie ist es denn? Feiert ihr wilde Partys?»

«Nein.»

«Ihr seid ja langweilig.»

«Kannst du mich abholen?»

«Jetzt?»

«Ja.»

«Warum denn?»

«Weil ich nicht mehr hier sein will.»

«Aber Schneckchen, es ist doch bestimmt stark im Landschulheim. Da könnt ihr Mitternachtspartys feiern.»

«Ich will aber keine Mitternachtspartys feiern. Ich will hier weg.»

«Verstehe, verstehe. Ja, was machen wir denn da?»

«Kannst du mich abholen?»

«Jetzt?»

Papa versteht echt nichts. Gar nichts.

Und Herr Kalb guckt auch schon komisch.

«Ich kann Mama und Jan nicht erreichen.»

«Ah, da fragst du also mich, ob ich dich abholen kann.»

«Ja, genau.»

«Na gut, warum nicht.»

«Danke. Ich gebe dir jetzt meinen Lehrer, Herrn Kalb. Der sagt dir, wie man herkommt.»

«Alles klar, Schnecke.»

Ich gebe Herrn Kalb das Telefon, und während er Papa ganz genau erklärt, wie er zum Landschulheim findet, sehe ich aus dem Fenster. Draußen ist es dunkel, nur eine Laterne macht gelbes Licht auf dem Platz vor dem Landschulheim, wo die Leute aus meiner Klasse in Windjacken rumstehen. Ein paar von ihnen haben Taschenlampen dabei und halten sie sich unters Gesicht, damit sie wie Mutanten aussehen. Die Mädchen rennen im Kreis, die Jungs hinterher, und irgendwann stehen sie in einer Reihe und rufen im Chor: «Herr Ka-halb, Herr Ka-halb!»

Herr Kalb steht auf, tritt von einem Bein aufs andere und wiederholt zum hundertsten Mal, warum Papa sein Auto nicht auf die Fähre mitnehmen kann. Ich hoffe nur, dass Papa sich den Weg hierher aufgeschrieben hat. Ich weiß ja, wie vergesslich er ist. Endlich steckt Herr Kalb sein Telefon ein und meint:

«Das ist also dein richtiger Vater?»

«Ja!»

«Und er darf dich einfach abholen kommen? Nicht, dass wir da rechtliche Probleme kriegen.»

«Keine Sorge. Das geht okay.»

Solange Mama und Jan nichts davon wissen. Aber wenn die nicht das Telefon abnehmen, kann ich auch nichts daran ändern. Dies ist hier schließlich ein Notfall. Da kann man nicht lange überlegen, ob die Art der Rettung von allen so gewünscht ist oder nicht. Es muss gehandelt werden, damit es mir gut geht.

Herr Kalb nickt und meint:

«Hoffen wir mal, dass das stimmt.»

«Das stimmt wirklich!»

«Na gut. Ich schätze, dein Vater ist morgen früh gegen neun hier.»

«Danke.»

«Jetzt muss ich aber los, die anderen warten schon draußen auf mich. Kommst du mit zum Strand?»

«Nein danke. Mir ist immer noch schwindelig.»

«Na gut. Dann bleib aber bitte im Haus. Nicht, dass wir dich nachher noch suchen müssen.»

«Okay.»

Herr Kalb geht, und ich weiß nicht, was ich machen soll. Ich bin kein bisschen müde, und außerdem frage ich mich, wo Mama und Jan sein könnten. Vielleicht haben sie nur einen kleinen Spaziergang gemacht und sind inzwischen wieder zu Hause. Das kann ich nur leider nicht rausfinden, weil Herr Kalb sein Handy schon weggesteckt hat. So was Blödes. Auf jeden Fall bin ich heilfroh, dass Papa mich morgen früh abholt. Noch dreizehn Stunden. Dann komme ich hier raus.

11

Ich versuche, ganz schnell einzuschlafen, damit ich nicht mehr nachdenken muss und mitkriege, dass ich noch im beknackten Landschulheim bin. Aber als Gloria und Katrin von der Strandwanderung zurückkommen, schlafe ich immer noch nicht. Also tue ich wenigstens so, und Gloria und Katrin geben sich echt Mühe, leise zu sein. Sie knipsen nicht einmal das Licht an. Das finde ich schon fast wieder komisch: Ich liege hier ganz wach im Bett, und die beiden flüstern im Dunkeln rum, weil sie mich nicht aufwecken wollen. Ich muss aufpassen, dass ich nicht gleich loslache. Darum denke ich schnell wieder daran, dass ich ja sehr traurig bin, und schon geht es wieder. Die beiden legen sich in ihre Betten, und ich höre, wie Gloria leise zu Katrin sagt:

«Meinst du, Diana und Moritz sind jetzt zusammen?»

«Weiß nicht. Warum?»

«Weil die am Strand die ganze Zeit Arm in Arm rumgelaufen sind.»

«Findest du Moritz gut, oder was?»

«Quatsch! … Findest du Moritz gut?»

«Spinnst du?!»

«Hätte ja sein können.»

«Ich will doch keinen Freund haben, der lispelt!»

«Wen findest du denn gut?»

«Weiß nicht, Jonas vielleicht.»

«Ich glaube, Mira ist total in Moritz ...»

«Wie kommst du denn darauf?»

«Jonas hat gesagt, dass sie die ganze Zeit hinter ihm herläuft.»

«Echt?»

«Ja, voll peinlich.»

Nun reicht es mir aber! Irgendwann ist auch mal Schluss. Darum sage ich ganz laut in das dunkle Zimmer hinein:

«Ich habe alles gehört, ihr Scheißtanten.»

Jetzt ist wirklich Ruhe. Aus den Betten von Katrin und Gloria kommt kein Laut. Ich wette, die schwitzen ordentlich. Ha, die habe ich richtig erschreckt. Witzig. Ich könnte mir echt gratulieren: «Ich habe alles gehört, ihr Scheißtanten.» Zum Totlachen! Die Scheißtanten sind echt mucksmäuschenstill. Die bewegen sich keinen Millimeter unter ihren Decken.

In der Nacht kann ich trotzdem nicht schlafen, weil ich plötzlich auf die Idee komme, dass sich Katrin und Gloria im Schlaf an mir rächen könnten. Ich stelle mir vor, dass sie mir heimlich die Haare abschneiden oder alle meine Kleider verstecken, sodass ich morgen nichts mehr zum Anziehen habe. Ich drehe mich hin und her, und es dauert ewig, bis endlich wieder Tag ist.

Als die Sonne hell und freundlich in unser Zimmer scheint und Katrins Wecker piept, schlüpfen die Scheißtanten aus ihren Betten und murmeln: «Guten Morgen!» Ich mache meine Schmatzgeräusche, damit sie denken, dass ich immer noch schlafe. Aber heimlich beobachte ich sie, wie sie eilig ihre Koffer unter den Betten hervorziehen und sich blitzschnell anziehen. Dabei sagen sie kein Wort. Ab und zu gucken sie in meine Richtung, um zu prüfen, ob ich noch schlafe. Ich nehme an, die haben wirklich Angst, mir im wachen Zustand zu begegnen. Darum nehmen sie ihre Deospraydosen und flitzen in den Waschraum.

Ich bleibe liegen und starre über mir an die Matratze vom Etagenbett. Noch eine Stunde. Dann ist Papa endlich da. Ich gucke weiter gegen die Unterseite der Matratze, und draußen auf dem Gang höre ich meine Klassenkameraden hin- und herflitzen. Einmal geht die Tür auf, und Jonas glotzt rein. Als er mich im unteren Bett entdeckt, knallt er die Tür wieder zu. Jetzt ist es ruhig. Wahrscheinlich sitzen alle beim Frühstück. Ich bin auch ein bisschen hungrig, aber ich habe keine Lust, mich dazuzusetzen. Ich warte lieber, bis Papa mich holen kommt. Dann können wir uns auf der Fähre was zu essen kaufen. Milchschnitte oder so. Papa wird bestimmt eine Bulette oder ein Kiosk-Würstchen essen wollen. Ich nicht. Jan sagt immer: «Ich bezweifle, dass die frisch sind!»

12 Irgendwie muss ich eingeschlafen sein, denn als ich aufwache, sitzt Papa auf der Bettkante, und Herr Kalb steht daneben. Ich will gar nicht wissen, wie lange die beiden sich schon an meinem Bett rumdrücken. Papa hätte mich ja mal aufwecken können.

«Na, Schnecke.»

«Hallo, Papa!»

«Steh auf, dann können wir am Strand Frisbee spielen.»

«Ich will nicht Frisbee spielen.»

«Warum nicht? Ist doch lustig!»

Papa springt auf und tut so, als ob er Frisbee spielt. Er wirbelt im Zimmer umher und macht dazu dieses Fluggeräusch: «Swieee – swieee – swieee.» Ich frage mich, ob der nicht einmal mit seinem Gezappel aufhören kann! Jan sagt: «Leo ist hyperaktiv.» Das bedeutet, er hat Schwierigkeiten, still zu sitzen. Auf jeden Fall stolpert er zum Schluss über die Füße von Herrn Kalb, der schon die ganze Zeit guckt, dass er Papas Arme nicht ins Gesicht kriegt, die die unsichtbare Frisbeescheibe rumschleudern.

«'tschuldigung, Herr Kalb. Ich hoffe, ich hab Ihnen nicht wehgetan.»

Mann, das ist so peinlich! Jetzt legt er Herrn Kalb auch noch den Arm um die Schulter, und ich glaube nicht, dass Herrn Kalb das recht ist. Der macht schnell einen Schritt zurück, klatscht die Hände zusammen und sagt:

«Keine Sorge.»

«Dann bin ich ja beruhigt.»

Papa wirft Herrn Kalb zur Versöhnung seine unsichtbare Frisbeescheibe zu, und Herr Kalb tut ein bisschen so, als würde er sie fangen. Dabei kichert er, als ob er das witzig findet, aber das nimmt ihm echt keiner ab, außer Papa. Darum wäre es gut, möglichst schnell zu verschwinden, wer weiß, was dem noch für Quatsch einfällt. Aber solange die beiden hier im Zimmer rumstehen, werde ich nicht aufstehen. Das ist ja logisch. Ich kann mich ja nicht vor denen umziehen. Papa scheint das nicht so ganz klar zu sein, denn er zerrt an meinem Arm rum und meint:

«Los, steh auf, Schnecke!»

«Gleich.»

«Na, los.»

Ich gucke zu Herrn Kalb, und der kapiert merkwürdigerweise sofort, dass er und Papa verschwinden sollen. So unfähig, wie ich immer dachte, ist der gar nicht! Jetzt legt er Papa die Hand auf die Schulter und sagt:

«Warten wir draußen?»

Die beiden gehen, und ich ziehe mich ganz schnell an. Dabei überlege ich, ob es wirklich richtig war, Papa zu fragen, ob er mich abholt. Ich meine, ich bin schon froh, dass er da ist, aber er weiß überhaupt nicht, wie man sich benimmt. Sowieso könnte Papa ruhig mal schnallen, dass ich

gerade nicht in der Stimmung bin, Frisbee zu spielen. Der fragt nicht mal, was los ist. Der kommt einfach her, holt mich ab und wundert sich gar nicht, dass ich wegwill. Langsam zweifle ich echt, ob Papa jemals zur Schule gegangen ist. Dann wüsste er, was es bedeutet, wenn die eigene Tochter anruft und darum bittet, aus dem Landschulheim abgeholt zu werden. Na ja. Als ich mir meine Schuhe zubinde, geht die Tür wieder auf, und Papa steckt seinen Kopf rein.

«Bist du fertig?»

«Ja. Kannst du meine Tasche tragen?»

«Klar, wo ist sie?»

Papa kommt wie so ein blöder Clown ins Zimmer gelatscht und macht dabei: «Oink – oink – oink.» Und bevor er meine Tasche nimmt, muss er mich nochmal kitzeln:

«Kille – kille – kille!»

«Lass das doch mal!»

«Mensch, Schnecke, was hast du denn?»

«Du sollst mich nicht kitzeln.»

«Aber das ist doch lustig.»

«Gar nicht.»

«Mensch, Schnecke, lach doch mal wieder.»

«Kapierst du gar nichts? Ich bin gestern ohnmächtig geworden!»

«Hoppala! Du bist aber empfindlich!»

«Selber!»

Papa nimmt meine Tasche und geht raus. Ich ziehe meine Jacke über und weiß gar nicht, was mit mir los ist. Ich bin so wütend, dass ich am liebsten gegen das Bett treten würde. Ich weiß echt nicht, was los ist. Außerdem will ich nicht so gemein zu Papa sein. Schließlich ist er extra hergekommen, um mich abzuholen. Jetzt ist er bestimmt traurig, und das ist nicht gut. Mama sagt immer, man soll zu jedem freundlich sein. Das will ich ja eigentlich auch, aber irgendwie geht es gerade nicht. Ich will nur rumschimpfen und «Scheiße, Scheiße, Scheiße!» sagen. Das Wort ist schon groß und rund in meinem Mund, und es wird immer größer, sodass plötzlich mein Mund aufgeht und ich ganz laut «Scheiße!» sage. Und nochmal: «Scheiße!» Draußen im dämmrigen Flur stehen Herr Kalb und Papa und glotzen mich komisch an. Ich versuche zu lächeln, aber es geht nicht. Darum gebe ich mir erst gar keine Mühe und gucke so finster, wie ich kann.

Herr Kalb reicht Papa die Hand und meint:

«Hoffentlich geht es Mira nächste Woche wieder besser.»

«Bestimmt.»

«Dann mach's mal gut, Mira. Schade, dass du uns verlässt.»

Herr Kalb klopft mir auf die Schulter, und ich nicke nur. Was soll ich auch sagen? Wahrscheinlich ist es sogar angenehmer für ihn, wenn ich nicht da bin. Schließlich ist es ja auch nicht schön für ihn, wenn es immer einen in der Klasse gibt, der allein dasteht. Jetzt ist nur noch Astrid Außenseiter. Aber die kommt schon zurecht. Um die braucht man sich keine Sorgen zu machen.

Und jetzt gehen wir. Papa und ich.

Durch die Eingangstür, über den Platz, an der Wiese vorbei, wo Astrid gestern im Matsch gelandet ist. Heute

scheint der Boden trockener zu sein, jedenfalls rennen die Jungs aus meiner Klasse darüber und spielen Fußball. Die Mädchen sitzen auf ihren Jacken am Dünenhang und gucken zu. Moritz flitzt mit dem Ball über das Feld, in Richtung Tor, alle Jungs flitzen hinterher, und Astrid läuft genau dazwischen. Schon wieder liegt sie auf der Wiese, und die Jungs schreien: «Spinnst du? Du kannst doch nicht einfach durchs Spielfeld laufen!» Astrid rappelt sich schnell auf und schreit zurück: «Haltet die Klappe, oder ich trete euch allen gegen die Schienbeine!» Und dann schreien alle Jungs: «Mach doch! Mach doch!» Astrid zeigt ihnen den Mittelfinger und stapft in unsere Richtung. Sie klettert den kleinen Hang hinauf, und dabei schimpft sie: «Was für Idioten! Das hält ja kein Mensch aus.» Als sie oben ist, reicht sie Papa die Hand.

«Hallo. Mein Name ist Battermann. Astrid Battermann.»

«Freut mich.»

Papa schüttelt kräftig an Astrids Hand herum, weil er denkt, dass sich Astrid mit ihm einen lustigen Scherz erlaubt. Aber da kennt er Astrid schlecht. Die meint das ernst. So ernst, dass sie mir auch gleich noch die Hand reicht und die andere drauflegt. So, wie echte Kollegen, die gerade einen wichtigen Vertrag unterschrieben haben.

«Ich fress einen Besen, wenn das nicht dein Papa ist.»

«Ja, das ist er.»

«Hab ich mir gedacht ... Ihr seht euch ähnlich.»

«Wir gehen jetzt.»

«Hab ich mir gedacht ...»

«Tschüs.»

«Halt die Löffel steif.»

«Mach ich.»

Astrid nutzt die Gunst der Stunde, um Papa noch einmal die Hand zu schütteln. Dabei zwinkert sie albern hinter ihren dicken Brillengläsern rum und sagt tatsächlich:

«Sie haben eine tolle Tochter!»

«Alles klar, Astrid.»

«Und eine Hot-Dog-Bude haben Sie auch!»

«Ja, das stimmt.»

«Haben Sie ein Glück!»

«Na ja ...»

Astrid zwinkert nochmal so verschwörerisch rum, und dann haut sie ab, den kleinen Hang wieder runter, quer über das Fußballfeld. Sie schafft es gerade noch, auf die andere Seite zu kommen, bevor die Jungs sie zum zweiten Mal über den Haufen rennen. Dafür stolpert sie über die Beine von Katrin, die mit den anderen Mädchen am Dünenhang sitzt. Papa und ich drehen uns um und hören, wie sie von den Mädchen fertig gemacht wird:

«Du bist so ein Trampel, Astrid.»

An den roten Backsteinhäusern mit den Rosengärten geht es vorbei in Richtung Hafen. Mir kommt es so vor, als seien hundert Jahre vergangen, seitdem ich mit meiner Klasse daran vorbeigegangen bin. Dabei war es erst gestern. Komisch, wie langsam die Zeit manchmal vergeht! Ich bin so froh, dass ich hier wegkomme. Ich atme tief ein, und die frische Luft geht bis in meinen Bauch, sodass es sich anfühlt, als könnte ich wegfliegen. So leicht fühle ich mich. Papa nimmt mich an die Hand, und gerade ist es

egal, dass ich dafür eigentlich schon viel zu alt bin. Ich sage:

«Danke, Papa, dass du gekommen bist.»

«Keine Ursache, Schnecke. Für dich mache ich doch alles.»

«Würdest du mir auch erlauben, ein Pony in deinen Garten zu stellen?»

«Alles, was du willst.»

Da sind wir doch schon mal einen Schritt weiter. Jetzt fehlt mir nur noch das Pony. Und der blöde Moritz braucht sich nicht einzubilden, dass ich den nur einmal auf meinem Pony reiten lasse. Höchstens Astrid und Desiree. Denn die sind wirklich nett.

13

Papa und ich sind frei! Als wir am Hafen ankommen, ist die Fähre schon da, die uns hier wegbringt. Alle Leute, die auch wegwollen, stehen an der Reling und rufen uns zu: «Jetzt aber schnell! Das Schiff legt gleich ab!» Darum müssen Papa und ich tüchtig laufen, damit wir auch wirklich mitkommen. Nicht, dass wir uns hier noch stundenlang am Hafen rumdrücken müssen, bis die nächste Fähre geht. Als wir über den Steg sind, wird er auch sofort vom Fährmeister weggerollt, und die Schifffahrt geht los.

Weil Papa und ich so großen Hunger haben, gehen wir gleich unter Deck und stellen uns als Erstes am Kiosk an. Es ist komisch, hier zu stehen, es ist fast so wie gestern, als ich dachte, Moritz kommt zu mir und legt seinen Arm um mich. Stattdessen hat er es sich mit der Biertrinker-Diana gemütlich gemacht. Die beiden will ich erst mal nicht mehr sehen!

Papa und ich kaufen uns belegte Brötchen, und wie ich es mir gedacht habe, bestellt sich Papa auch noch zwei heiße Würstchen mit Senf. Damit setzen wir uns auf die gleiche Bank, auf der gestern Moritz und Diana saßen, und gucken aus dem Fenster. Dahinter wogen die Wellen, hier sind wir, Papa und ich, und von dem Kiosk-Würstchen beiße ich auch mal ab. Nur einmal, damit ich mir nicht noch Sorgen machen muss, dass ich davon eine Fleischvergiftung kriege. Wer weiß, wie alt die sind! Aber ein Haps, sage ich mir, kann nicht schaden. Papa tippt die Kiosk-Würstchen in den Senf und stopft sie sich dann voller Genuss rein. Zwischendrin hält er sie mir vor die Nase und fragt:

«Willst du nochmal abbeißen?»

«Nein danke.»

«Wirklich nicht?»

«Nee.»

«Warum denn nicht?»

«Weil ich nicht will!»

Ich muss Papa ja nicht unbedingt sagen, dass ich Angst vor einer Fleischvergiftung habe. Dann würde er nur wieder Mama die Schuld geben, dass sie mich zu einem ängstlichen Mädchen erzogen hat. Darauf kann ich gut verzichten, und obwohl ich nichts sage, meint Papa:

«Hat Mama gesagt, dass du keine Kiosk-Würstchen essen sollst?»

«Nein, wieso?»

«Ich kenne doch Mama. Die denkt, dass man von Kiosk-Würstchen krank wird.»

«Denkt sie gar nicht!»

«Ich wette, du hast Angst, dass du von Kiosk-Würstchen krank wirst.»

«Quatsch.»

«Na, dann beiß doch mal ab!»

«Nein. Ich mag nicht.»

«Ich fasse es nicht, was Mama für ein ängstliches Mädchen aus dir gemacht hat. Würdest du bei mir wohnen, könntest du mal sehen, wie schön das Leben ist, wenn man nicht ständig Angst vor irgendwelchen Sachen hat.»

Dazu sage ich nichts mehr. Vor allen Dingen, weil ich gar nicht bei Papa wohnen will. Ich will nur mein Pony bei ihm unterstellen und ihn besuchen. Darüber könnten wir jetzt reden, bevor er wieder anfängt, über Mama herzuziehen. Darum beiße ich nochmal vom Würstchen ab und sage:

«Hast du wirklich nichts dagegen, wenn ich mein Pony bei dir im Garten unterstelle?»

«Nö. Wieso denn?»

«Na ja, das Pony bräuchte ja auch einen Stall. Dann hättest du ein Pony und einen Stall im Garten stehen.»

«Ist doch schön.»

«Würdest du mit mir den Stall bauen?»

«Klar, Schnecke!»

Jetzt frage ich mich nur, ob Papa das ernst meint. Ich wundere mich ein bisschen, dass er gar nicht nachfragt, welches Pony ich bei ihm unterstellen will. Er weiß doch, dass ich gar kein Pony habe. Vielleicht denkt er, ich will mir nur eine hübsche Geschichte überlegen, und morgen habe ich alles wieder vergessen.

«Möchtest du gar nicht wissen, welches Pony ich bei dir unterstellen will?»

«Welches Pony willst du denn bei mir unterstellen?»

«Weiß ich nicht. Ich habe ja keins.»

«Hm. Dann kannst du auch keins bei mir unterstellen.»

«Das ist ja das Problem.»

«Dann müssen wir eben ein Pony für dich besorgen.»

«Wie denn?»

«Wir fangen dir eins.»

«Was?»

«Spreche ich chinesisch? … Wir fangen dir eins!»

«Wie willst du das denn machen?»

«Na, mit dem Lasso!»

Ich glaube, mein Papa spinnt. Das kann der doch nicht wirklich meinen! Ich werde gleich ein bisschen unruhig. Man kann doch keine Ponys fangen! So was Dummes! Der soll nicht immer so blöde Sachen sagen. Ich meine das mit dem Pony ganz ernst, und er sagt solche albernen Sachen: «Wir fangen das Pony mit dem Lasso!» Ich könnte echt schon wieder «Scheiße» sagen. Mache ich aber nicht. Besser, ich versuche rauszufinden, wie er sich das vorstellt.

«Wo willst du denn das Pony fangen?»

«Na, auf der Wiese oder so. Die laufen doch überall rum.»

«Diese Ponys gehören aber irgendwelchen Leuten.»

«Ich will die Ponys doch nicht von der Weide runterklauen! Tztztz. Schneckchen, was du immer denkst!»

«Was denn dann? Wir sind hier nicht im Wilden Westen …»

«Ich weiß. So blöd bin ich auch nicht. Aber in einem Tierheft von Charlie habe ich mal gelesen, dass es hier ganz in der Nähe Wildpferde geben soll.»

«Quatsch.»

«Doch. Hab ich gelesen. Irgendwo im Osten soll es noch Wildpferde geben. Wenn du willst, können wir gleich hinfahren.»

Dabei fällt mir ein, dass ich dringend probieren muss, meine Familie zu erreichen. Ich muss wissen, ob sie wieder zu Hause ist. Nur, damit ich sicher sein kann, dass es ihnen gut geht. Hinterher ist was Schlimmes passiert, und ich fahre mit Papa in der Weltgeschichte rum und habe von nichts eine Ahnung. Das wäre nicht so gut. Wenn sie wieder zu Hause sind, lege ich aber auf, damit ich ihnen nicht sagen muss, was Papa und ich vorhaben. Das würden die garantiert verbieten. Aber eigentlich kann es ihnen ja nur recht sein, dass ich mit Papa unterwegs bin, weil sie ja wollen, dass es mir gut geht. Und mit Papa geht es mir viel besser als mit den Schafen im Landschulheim. Das ist echt die Hauptsache. So eine Fahrt mit Papa würde mich vor allen Dingen schön von der Geschichte mit Moritz ablenken. Wenn ich nur daran denke, fange ich an zu schwitzen.

«Papa, kann ich mal kurz dein Telefon haben?»

«Wozu denn?»

«Ich will nur mal schnell zu Hause anrufen, um zu gucken, ob Mama und Jan wieder da sind.»

«Muss das sein?»

«Ja.»

«Sag aber nicht, dass ich dich abgeholt habe, sonst machen die wieder Theater.»

Papa gibt mir sein Telefon, und ich tippe die Nummer ein. Es tutet. Mein Herz klopft komisch, und meine Finger sind kalt, so kalt, dass sie das Telefon kaum festhalten können. Es tutet, und ich weiß gar nicht, was ich machen soll, wenn doch jemand drangeht. Ich kann ja nicht einfach wieder auflegen.

«Hallo? … Hallo?»

Mama ist am anderen Ende. Was mache ich denn jetzt? Am liebsten würde ich losheulen, weil ich eigentlich auch ein bisschen zu Mama will, um zu erzählen, was alles passiert ist. Papa scheint das nämlich nicht sonderlich zu interessieren. Trotzdem will ich auch irgendwie mit ihm ein Pony besorgen, und jetzt weiß ich wieder nicht, was ich machen soll.

«Hallo?»

«Hallo, ich bin's. Mira.»

«Das ist aber schön, dass du dich meldest. Wie geht es dir?»

«Ganz gut.»

«Ist es schön im Landschulheim?»

«Ja.»

«Macht ihr schöne Ausflüge zum Strand?»

«Ja.»

«Ziehst du dich auch immer schön warm an?»

«Hmhm.»

«Stell dir vor, Alfred hat in der Nacht seinen ersten Zahn bekommen.»

«Schön.»

Meine Stimme wird immer leiser, und ich merke, wie die Tränen in meine Augen steigen und dann über meine Wangen kullern, weil ich Mama gerade ganz doll anlüge. Ich habe Mama noch nie angelogen, aber jetzt lüge ich sie an, und außerdem würde ich mir gern Alfreds neuen Zahn angucken.

«Weinst du?»

«Ein bisschen.»

«Warum denn, mein Herzchen?»

«Weiß ich auch nicht.»

Klar weiß ich das. Aber Papa sitzt neben mir, und da kann ich ja schlecht sagen: «Ich weine, weil ich dich anlüge und ich mir Alfreds neuen Zahn angucken will.» Das würde ihn garantiert verletzen, weil wir ja was ganz Besonderes vorhaben. Mama scheint trotzdem zu wissen, was los ist. Denn sie sagt:

«Du bist ja bald wieder bei uns zu Hause.»

«Ja.»

«Und es ist doch bestimmt lustig, mit der ganzen Klasse im Landschulheim zu sein.»

«Ja.»

«Nicht weinen, mein Herzchen. Es sind doch nur noch fünf Tage. Dann bist du wieder hier, und wir machen es uns zu viert gemütlich.»

«Okay.»

«Wir haben dich alle lieb, mein Schatz.»

«Ich hab euch auch lieb.»

«Bis dann.»

«Bis dann.»

Ich gebe Papa das Telefon zurück, und Mama ist wieder ganz weit weg, so weit weg, dass ich losweine wie noch nie in meinem Leben. Mich schüttelt es richtig. Ich habe Mama angelogen. Meine liebe Mama habe ich angelogen. Die sitzt jetzt zu Hause mit Jan und Alfred und seinem Zahn, und alle denken, dass ich im Landschulheim bin. Dabei bin ich mit Papa schon auf der Fähre und habe wahrscheinlich eine Fleischvergiftung, weil ich gleich zweimal von seinem Kiosk-Würstchen abgebissen habe. Außerdem sind wir auf dem Weg in den Osten, und wenn Mama das wüsste, wäre ihr das gar nicht recht. Sie sagt, dass Papa wie eine «besengte Sau» Auto fährt. Sowieso weiß ich gar nicht, wo der Osten ist. Zum Glück nimmt mich Papa in den Arm, und wir gucken raus aus dem Fenster, raus auf das endlose Meer, und darüber ist der Himmel grau. Und hier bin ich. Ganz klein, in Papas Arm.

Als ich seine Jacke so nass geheult habe, dass auf seiner Schulter ein großer dunkler, klitschnasser Fleck ist, kommen keine Tränen mehr. Nur meine Nase ist verstopft, und Papa wischt mit seinem Ärmel darüber, weil er das immer so macht und kein Taschentuch dabeihat. Dafür liegt eine gelbe Papierserviette auf seinem Schoß. Die nehme ich mir, weil ich das eine ganz dumme Angewohnheit finde, den Schnodder von anderen Leuten mit dem Ärmel abzuwischen. Als ich die Sache mit der Nase erledigt habe, frage ich:

«Wo ist denn der Osten?»

«Na, im Osten.»

«Und wie kommen wir dahin?»

«Mit dem Auto.»

«Ist das weit?»

«Es geht so. Ein paar Stunden vielleicht.»

«Und du bist dir sicher, dass es da Ponys gibt, die man einfangen kann?»

«Klar.»

«Aber solche Wildpferde muss man doch erst mal zähmen, damit die nicht mehr rumbuckeln, wenn man drauf sitzt.»

«Darum kümmere ich mich, mein Schneckchen. Ich bin ein Cowboy und fang dir ein Pferd. Vertrau mir. Ich kenn mich aus.»

14

Als Papa und ich von der Fähre an Land gehen, scheint die Sonne, und über unseren Köpfen kreisen große weiße Möwen mit kleinen silbernen Fischen im Schnabel. Die Fische tun mir Leid, die werden jetzt gefressen und sehen ihre Familien nie mehr wieder. Die armen kleinen Fische. Da könnte ich gleich wieder heulen. Mache ich aber nicht. Ich laufe hinter Papa her, an den Schiffen vorbei, die im Hafen vor Anker liegen, in Richtung Parkplatz, wo sein Lieferwagen steht. Die Schiffe wiegen sich sacht mit den Wellen, und die Leute auf den Schiffen winken uns zu, weil Papa immer «Ahoi!» nach oben ruft.

«Los, ruf auch mal ‹Ahoi!›!»

Papa schubst mich an, damit ich «Ahoi!» rufe. Aber ich habe keine Lust. Darum ruft er alleine weiter. «Ahoi! Ahoi!» So, als würde er die Leute alle sehr gut kennen.

Auf dem Parkplatz stehen viele Autos, und ganz am Ende, in der letzten Reihe, sieht man schon das riesige Würstchen auf Papas Dach in der Sonne glänzen. Weil hinten im Wagen Kartons voller Röstzwiebeldosen, Ketchupflaschen und ein Haufen Schlafsäcke drin liegen, muss ich vorne auf dem Beifahrersitz sitzen. Ich frage: «Wieso hast du denn Schlafsäcke hinten drin?» Und Papa sagt: «Am Sonntag hab ich auf einem Musik-Festival Hot Dogs verkauft und danach im Wagen gepennt.» Ich nicke, und dann fahren wir auch schon los. Nach Osten. Dabei hören wir komische Musik, von der Papa behauptet, dass sie das «Bewusstsein erweitert». Ich weiß nicht, was er damit meint. Er sagt: «Die Musik macht dich menschlich, weil du plötzlich fühlst, warum du auf der Welt bist.» Ich nicke wieder und merke nichts. Dafür raucht Papa ein paar Zigaretten, sodass ich doch was merke, weil mir gleich wieder übel wird und ich nicht genau weiß, ob das vielleicht doch an dem Würstchen in meinem Bauch liegt. Aber mit dieser Sorge kann ich Papa nicht kommen, darum gucke ich einfach aus dem Fenster.

Das Laub von den Bäumen, die auf beiden Seiten der Straße stehen, ist schon ganz rot und ein wenig gelb. Wenn die Sonne darauf scheint, sind die Bäume so schön wie Mama. Ja, ehrlich! Wenn ich bei Mama bin, ist es so, als würde die Sonne auf alle orangen Bäume dieser Erde scheinen. So warm und freundlich. Ich habe Mama sehr, sehr lieb.

Und der Himmel ist blau, so blau mit ein paar ganz kleinen Wattewölkchen. Bei so einem Wetter fahren Mama, Jan, Alfred und ich sonntags gerne mit dem Auto aus der Stadt raus, um einen Spaziergang in der Natur zu machen.

Dabei habe ich mir immer vorgestellt, wie ich mal mit Moritz alleine so einen Spaziergang mache, um mir mit ihm gemütlich und Hand in Hand die Landschaft anzugucken. Jetzt kann er das mit Diana machen. Ich glaube bloß nicht, dass der Tante sonderlich was an Spaziergängen liegt. Die lungert doch lieber im Einkaufszentrum rum und trinkt Bier. Da ist der blöde Moritz echt selber schuld. Wenn er meint, dass Diana die Richtige für ihn ist. Soll er doch. Schade ist nur, dass ich echt keine Ahnung habe, mit wem ich mir jetzt wünschen soll, durch die Gegend zu spazieren. Ich könnte an Mama denken, aber das ist nicht dasselbe. Mit der laufe ich ja nicht Hand in Hand, und wegen der ziehe ich mir auch keine neue Hose an, damit sie denkt, dass ich schick aussehe. Nee, so was macht man nur für jemanden, in den man verliebt ist. Das war eben Moritz für mich. Und jetzt? Jonas kommt auf keinen Fall in Frage. Der hat eine seltsame Frisur und diesen zwielichtigen Ohrring stecken! Mir fallen echt nur Mama, Jan und Alfred ein. Egal, wie viel Mühe ich mir gebe, in meinem Kopf sind sie immer mit dabei, obwohl ich die ja gar nicht unbedingt dabeihaben will. Besonders nicht, wenn ich endlich mal mit einem Jungen losgehen könnte. Stellt euch das mal vor: Mama, Jan und Alfred dackeln hinterher. Das ist doch echt peinlich!

Papa schmeißt seinen Zigarettenstummel aus dem Fenster und kurbelt die Scheibe hoch. Dann stellt er die Musik leiser und fragt tatsächlich:

«Warum sollte ich dich eigentlich abholen?»

«Weil die alle doof zu mir waren.»

«Echt?»

«Ja.»

«Warum denn?»

«Weiß ich auch nicht. Die waren einfach doof.»

«Verstehe. Die waren also doof zu dir!»

«Ja.»

«Kein Wunder. Du bist voller Angst, wie deine Mutter. Das nervt die anderen natürlich. Mann, Schnecke, genieß doch mal dein Leben!»

«Mach ich doch.»

«Machst du gar nicht. Wenn du bei mir bist, sitzt du auch nur trantütig in der Ecke rum.»

«Was soll ich denn sonst machen, wenn du …»

«Ja, weiß ich doch nicht. Lustig sein.»

«Hm.»

«Aber wenn ich mit solchen Leuten wie Mama und Jan meine Kindheit verbringen müsste, wäre ich wahrscheinlich auch nicht besser drauf.»

«Lass Mama und Jan in Ruhe!»

«Nee, wirklich! Nimm dir mal ein Beispiel an Astrid Battermann. Die ist echt ein Freak, die beißt sich durch, genau wie ich.»

Was hat das jetzt mit Astrid Battermann zu tun? Wahrscheinlich hat Papa trotzdem Recht. Ich bin eine Trantüte. Ich gucke immer traurig, und witzig bin ich auch nicht. Dafür ist Papa richtig in Fahrt:

«Es ist nicht gut, alles in sich reinzufressen.»

«Mach ich gar nicht.»

«Ich finde, du solltest über deine Probleme reden.»

«Hab ich jetzt aber keine Lust dazu.»

«Dann geht die innere Anspannung weg.»

«Was für eine ‹innere Anspannung›?»

«Wenn ich merke, dass ich total unglücklich bin, dann lass ich richtig los und heule rum. Danach geht's mir echt viel besser.»

«Ich habe doch vorhin schon geweint.»

«Ja, aber nicht genug.»

«Doch.»

«Ich glaub nicht!»

«Doch!»

«Nein!»

«Doch!»

«Wie du meinst! Ich kann tagelang heulen, wenn mich was richtig fertig macht. Und ich kann dir sagen, Mama und Jan machen mich richtig fertig.»

Papa haut mit der flachen Hand auf das Lenkrad. Und dann nochmal und nochmal. Was soll ich dazu sagen? Das ist ja keine Neuigkeit für mich, dass er mit der Art von Mama und Jan nicht klarkommt.

Papa zündet sich die nächste Zigarette an, kurbelt das Fenster wieder auf, und dann guckt er mehr in meine Richtung als auf die Straße. Das ist nicht so gut, weil die Straße ziemlich schmal ist und uns die ganze Zeit Autos entgegenkommen. Papa stört das nicht weiter, er zieht an seiner Zigarette und meint:

«Das hat mich so fertig gemacht, dass Jan am Samstag einfach die Tür zugehauen hat. Da musste ich mich echt erst mal auf die Treppe setzen und kapieren, was los ist. Fast hätte ich die Tür eingetreten! So wütend war ich. Aber ich wusste, das bringt nichts. Also habe ich mal richtig geheult. Die ganze Autofahrt über, bis ich zu Hause war, und noch die ganze Nacht. Und ich kann dir sagen, danach ging es mir richtig gut.»

«PAPA!»

«Was denn?»

«GUCK NACH VORNE!»

Aus Versehen fährt er nämlich gerade auf der falschen Seite, und von vorne kommt uns ein Auto entgegen. Papa reißt das Lenkrad rum, wir schlingern zurück auf unsere Seite, und das Auto fährt mit Gehupe an uns vorbei. Ich kann euch sagen: Das war knapp! Jetzt könnte Herr Kalb gut meinen Puls fühlen, weil mir mein Herz bis zum Hals schlägt. Das war so knapp, dass ich gar nicht sagen kann, wie knapp das war. Papa und ich können froh sein, dass wir noch leben. Da hole ich mal tief Luft, und neben mir holt Papa auch tief Luft und meint:

«Mann, Schnecke, das war knapp!»

«Jah.»

«Da kannst du mal sehen, wie Jan mich fertig macht.»

«Hm.»

«Gut, dass wir jetzt mal ein bisschen Zeit für uns haben. Wir zwei, ganz alleine.»

«Hm.»

«Jetzt können wir machen, was wir wollen, ohne dass uns jemand reinquatscht. Wir fahren einfach durch die Gegend und fangen uns ein Pferd. Jipieee!»

Ehrlich gesagt, weiß ich jetzt nicht so richtig, was ich denken soll. So, wie Papa das sagt, bezweifle ich, dass er wirklich vorhat, mir ein Pony zu fangen. Ich bin ja auch blöd, dass ich glaube, dass es im Osten noch Wildpferde gibt, die Papa zureiten kann. Woher soll er das können? Er ist Würstchenverkäufer! Wahrscheinlich sagt er das nur, damit er mit mir ein bisschen durch die Gegend fahren kann, ohne dass Mama und Jan ihm die Tür vor der Nase zuklatschen können. Ich weiß echt nicht mehr, was ich denken soll. Lügt Papa mich an?

«Lügst du mich an?»

«Hä?»

«Ich meine, kannst du wirklich Wildpferde zureiten?»

«Ach so! Ja, klar kann ich das. Kann doch jeder. Einfach draufspringen, gut festhalten, und los geht's.»

«So einfach ist das gar nicht. Das muss man irgendwo gelernt haben.»

«Ja, meinst du?»

«Ja, meine ich.»

«Tja, was machen wir denn da, mein Schneckchen?»

Mir kribbelt es gerade richtig in den Armen, so doll, dass ich mit denen am liebsten ganz wild rumfuchteln würde, damit das Kribbeln wieder verschwindet. Meine Hände liegen auf meinen Knien und zucken. Das ist unangenehm, aber sie zucken immer doller. Sie zappeln hin und her, so, wie Papa den ganzen Tag rumzappelt. Die zucken, weil Papa alles egal ist, weil ich gar nicht weiß, was jetzt los ist, und er mir keine Antwort gibt. Das macht mich so zappelig, zappelig, zappelig! Ich klammere mich am Griff der

Autotür fest, und irgendwie muss ich ja rauskriegen, was Papa vorhat.

«Wohin fahren wir denn jetzt?»

«Na, ich dachte, in den Osten. Oder nicht?!»

«Und was machen wir da?»

«Weiß nicht. Vielleicht ein Pony fangen?!»

«Aber wir können kein Pony fangen, weil es da keine Ponys gibt, die wir fangen könnten.»

«Hm.»

«Hab ich Recht?»

«Na ja, wer weiß das so genau?»

«Weißt du genau, dass es da Ponys gibt?»

«Nee, nicht direkt.»

«Und warum fahren wir dann weiter?»

«Ist doch lustig. Wir zwei allein.»

«Ich will nach Hause.»

Ja, ich will nach Hause. Ich will hier nicht rumfahren, nur damit Papa und ich alleine sind. Mir reicht es langsam. Wirklich. Mir reicht es langsam! Warum sagt er, dass wir ein Pony für mich fangen, wenn wir gar keins fangen können? Ich bin echt verwirrt, und ich will nach Hause, vor allen Dingen, weil ich keine Ahnung habe, wo wir eigentlich sind. Hier ist nichts außer der Straße, Feldern und dahinter Wald. Sowieso wird es allmählich dunkler, und wo wir heute Nacht schlafen sollen, ist auch noch nicht klar.

«Mann, Schnecke, was ist denn los? Ich dachte, wir machen uns eine schöne Zeit.»

«Wir wissen ja nicht mal, wo wir heute Nacht schlafen. Oder weißt du das?»

«Nö. Wir können doch im Auto schlafen. Hinten ist alles voller Schlafsäcke.»

«Und dann?»

«Wie: und dann?»

«Was machen wir dann?»

«Rumfahren.»

Und genau in diesem Moment bleibt der Wagen mit uns stehen. Einfach so. Mitten auf der Straße. Und obwohl Papa immer wieder den Schlüssel rumdreht, passiert nichts. Gar nichts, außer dass es um uns herum dunkler wird und von hinten ziemlich schnell ein Auto angesaust kommt. Das kann ich im Außenspiegel an meiner Seite sehen. Ich drehe mich um, und es kommt immer näher, direkt auf uns zu. Ich nehme an, jetzt ist es wirklich gleich mit uns vorbei. Aber in letzter Sekunde merkt der Autofahrer, dass wir stehen. Er saust an uns vorbei, und dabei wird schon wieder kräftig auf die Hupe gedrückt. Dann ist es still. Papa klopft auf mein Bein und sagt mit so einer ganz zittrigen Stimme:

«Vielleicht sollten wir den Wagen an die Seite schieben, bevor uns noch jemand reindonnert.»

«Können wir nicht mehr weiterfahren?»

«Nein, das Benzin ist alle.»

«Ach so.»

Meine Stimme klingt auch ganz komisch, irgendwie so mickrig, und dann steigen wir aus, und unsere Knie zittern, und sowieso ist uns kalt. Vielleicht ist das die «innere Anspannung», von der Papa gerne spricht. Vielleicht ist es auch einfach nur kalt um uns herum. Ich weiß es nicht genau, mir ist nur sehr kalt, und meine Finger sind kalt, und Papa sagt:

«Setz dich ans Steuer, damit du lenken kannst, wenn ich schiebe.»

«Okay.»

Ich gehe um das Auto herum, steige auf der anderen Seite wieder ein und nehme das Lenkrad in die Hand. Papa schiebt von hinten. Er muss sich ziemlich anstrengen, bis das Auto endlich anfängt loszurollen. Mit aller Kraft stemmt er sich hinten gegen den Kofferraum, das kann ich hören, weil er so laut stöhnt, und ich lenke ganz vorsichtig nach rechts rüber, bis wir auf dem Grasstreifen neben der Straße stehen bleiben. Papa kommt wieder nach vorne und beugt sich zu mir runter.

«Rutsch rüber.»

Jetzt sitze ich wieder auf meinem Platz und Papa auf seinem. Wir gucken raus in die Dunkelheit, außer einem kleinen Lichtstreifen in der Ferne ist nichts zu sehen. Um uns herum ist alles schwarz, und nun kommen auch keine Autos mehr. Wir sind ganz alleine, und außer ein paar Kilo Röstzwiebeln und Ketchup haben wir auch nichts zu essen, was dumm ist, weil ich plötzlich merke, dass ich Hunger habe.

«Was machen wir denn jetzt?»

Papa zündet sich eine neue Zigarette an, und für einen Moment kann ich sein Gesicht im Schein vom Feuerzeug sehen. Dann ist es wieder dunkel und Papa meint:

«Wir können beim ADAC anrufen, dass die uns abschleppen. Oder wir warten, bis ein Auto vorbeikommt.»

«Aber es ist schon lange kein Auto mehr vorbeigekommen.»

«Dann rufen wir beim ADAC an.»

Papa reicht mir seine Zigarette rüber, damit er in seinen Jackentaschen nach dem Handy suchen kann. Jetzt sitze ich hier mit einer Zigarette zwischen den Fingern! Zum Glück können Mama und Jan das nicht sehen, die würden echt ausflippen: ich mit einer Zigarette zwischen den Fingern! Auf der anderen Seite wäre ich ganz froh, wenn sie hier wären. Jan wüsste bestimmt, was zu tun ist. Na ja. Um ehrlich zu sein, würde dem gar nicht erst das Auto liegen bleiben, weil er nämlich immer einen Ersatzkanister Benzin hinten im Kofferraum hat. Das weiß ich, weil Mama einmal gefragt hat, ob so ein Ersatzkanister plötzlich explodieren kann, wenn das Auto über eine holprige Straße fährt. Da hat Jan den Kopf geschüttelt und gemeint: «Nur, wenn du ein brennendes Streichholz reinschmeißt.» Mama war ein bisschen beleidigt und hat gemeint: «Man wird ja noch fragen dürfen.» Also hat Jan sie in den Arm genommen und geküsst und gesagt: «Was für ein Glück, dass wir uns gefunden haben.» Schon war alles wieder gut. So läuft das immer. Ich kenne das.

Papa kramt weiter in seinen Taschen rum, und dabei murmelt er die ganze Zeit: «Das gibt's doch nicht. Das gibt's doch nicht.» Und dann sagt er ganz laut:

«Das gibt's doch nicht! Ich hab mein Handy verloren.»

«Was?»

«Es ist weg! Es ist einfach weg!»

«Vielleicht ist es aus der Tasche gefallen.»

«Dann müsste es ja hier irgendwo liegen.»

Weil die Zigarette immer weiter glüht und ich den Qualm nicht mag, kurble ich das Fenster runter und schmeiße sie raus. Ich bin doch nicht Papas Aschenbecher! Dann suchen wir im Schein des Feuerzeugs den ganzen Wagen ab und zum Schluss noch alles rund um den Wagen herum. Hinterher sogar auf allen vieren, weil das Feuerzeug alle ist und wir nur noch mit den Händen das Gras abtasten können. Aber das Handy ist weg, und jetzt sitzen wir wirklich fest.

Es ist mitten in der Nacht, wir haben kein Benzin, wir haben nichts zu essen, und Papa kann keine Zigarette rauchen. Das macht ihn besonders kribbelig. Er klopft mit den Fingern auf dem Lenkrad rum, wackelt mit den Knien rauf und runter und wühlt im Handschuhfach, ob nicht doch noch irgendwo ein Feuerzeug steckt. Tatsächlich findet er etwas! Weil Papa sich so sehr freut und ich in der Dunkelheit nichts sehen kann, denke ich schon, er hat das Handy gefunden.

«Hast du es?»

«Ja!»

«Und wen rufen wir jetzt an?»

«Was?»

«Ich denke, du hast das Handy gefunden.»

«Nee, ein Feuerzeug.»

«Aha.»

Und dann hat Papa doch noch Pech. Das Feuerzeug ist auch alle. Jetzt ist er so kribbelig, dass er wieder aussteigt und sagt:

«Ich werde das Handy finden!»

Wie ein Irrer krabbelt er auf Händen und Füßen um den Wagen rum. Unbedingt will er das Handy finden, damit uns der ADAC abholt und uns dahin bringt, wo es Feuerzeuge gibt. Ich bleibe im Wagen sitzen, ziehe mir von hinten einen Schlafsack nach vorne, denn hier drinnen ist es mindestens so kalt wie draußen. Da ist es gut, wenn man sich in einen Schlafsack kuscheln kann. Nicht, dass ich nochmal eine Lungenentzündung kriege!

Zum Schluss sitzen wir beide wieder im Wagen, in Schlafsäcke gewickelt. Natürlich hat Papa das Handy nicht gefunden. Wenn es wieder hell ist, wollen wir nochmal lossuchen. Bis dahin bleiben wir im Wagen und schlafen ein bisschen. Wir sind nämlich beide ziemlich müde. Ich darf echt nicht daran denken, was Mama und Jan sagen würden, wenn sie wüssten, wo ich gerade bin, und vor allen Dingen: mit wem! Alles wird gut gehen. Morgen werden wir das Handy finden, oder ein Auto wird vorbeikommen und uns mitnehmen. Ich weiß nur nicht, warum Papa mit den Wildpferden rumgelogen hat. Das nehme ich ihm echt ein bisschen übel.

«Warum hast du mich angelogen, dass wir Ponys fangen können?»

«Ach, Schnecke, das war doch nicht so ernst gemeint.»

«Ich hab das aber ernst genommen.»

«Ach, Schnecke!»

Und jetzt lacht Papa so, wie er immer lacht, wenn er sein Versprechen nicht hält. Das ist immer das Gleiche. Auf Papa kann man sich echt nicht verlassen. Nun sitzen wir hier, weil er wieder nichts ernst gemeint hat. Toll! Wirklich toll! Mein Papa hat mich belogen, damit ich mit ihm wegfahre; und eigentlich hat er mich sogar entführt!

15

Es ist komisch, morgens im Auto aufzuwachen. Man macht die Augen auf und bums! guckt man durch die Windschutzscheibe, direkt auf eine grüne Wiese. So was! Vor allen Dingen ist mein Bein eingeschlafen. Das kribbelt vielleicht. Das tut richtig weh. Und neben mir schnarcht Papa, ganz gemütlich in seinen Schlafsack eingewickelt. So, als würde er jede Nacht im Auto übernachten. Draußen hinter den Bäumen geht orange die Sonne auf, und als Erstes gucke ich auf meine Uhr. Halb sieben. Zu Hause sitzen Mama, Jan und Alfred gerade am Frühstückstisch und denken, dass ich mit meiner Klasse gleich eine lustige Strandwanderung unternehme. Von wegen! Ich habe Hunger und Durst, und wir haben nichts zu essen und nichts zu trinken. Die Sprudelflaschen, die hinten im Wagen liegen, sind alle leer getrunken. Ich rüttle an Papa rum, damit der aufwacht. Der soll mir jetzt mal helfen, das Handy zu finden.

«Los, steh auf!»

«Ach, Schneckchen, noch nicht.»

«Los, steh auf! Hilf mir das Handy suchen!»

«Ach, Schneckchen, lass deinen alten Vater noch ein bisschen schlafen.»

«Nein, du stehst jetzt auf!»

Jetzt muss ich aber mal streng werden! Ich kann echt nicht verstehen, wie der hier so gemütlich rumschnarchen kann, ohne zu wissen, wie wir hier wieder wegkommen. Endlich macht Papa die Augen auf und guckt mich ganz zerknautscht an.

«Ah, Schneckchen, du bist's. Na, hast du gut geschlafen?»

«Nein.»

«Schade. Ich habe hervorragend geschlafen, nur leider ein bisschen zu kurz.»

«Hilf jetzt mit, das Handy zu suchen!»

«Alles klar, Chef!»

Papa stopft schnell unsere Schlafsäcke nach hinten zu den Röstzwiebelkartons, damit wir aussteigen können. Wir suchen nochmal alles rund um den Wagen ab und gucken, ob wir das Handy irgendwo entdecken können. Aber außer hohem Gras und einem tiefen Graben mit Wasser ist da nichts, und ich bin mir sicher: Die Suche können wir abbrechen.

«Bestimmt hast du das Handy auf der Fähre verloren, als wir die Würstchen gegessen haben.»

«Kann sein.»

«Und was machen wir jetzt?»

«Müsli aus Röstzwiebeln und Ketchup zubereiten.»

«Igitt!»

«Hast du einen besseren Vorschlag?»

«Wir können ja an der Straße entlanggehen, bis wir irgendwo ein Haus sehen oder ein Auto vorbeikommt. Dann können wir die Leute fragen, ob wir mal kurz bei ihnen telefonieren dürfen.»

«Gute Idee.»

Papa schließt den Wagen ab, und dann marschieren wir los, die Straße entlang. Hier ist nichts als grüne Wiesen und dahinter immer Wald. Kein einziges Haus ist in Sicht, und Autos kommen auch keine vorbei. Papa sagt: «Dafür ist es noch zu früh.» Wir gehen weiter und weiter, und ich möchte wirklich gerne wissen, wie lange wir noch gehen müssen. Es macht keinen Spaß, geradeaus zu gehen, ohne zu wissen, wie lange man noch geradeaus gehen muss. Außerdem denke ich immer noch, dass Papa mich entführt hat, damit wir endlich mal zusammen im Auto übernachten und ungestört durch die Gegend fahren können. Das hat er nämlich schon ganz lange vorgehabt: mit mir in den Urlaub fahren. Ganz oft hat er gesagt: «Ich würde so gerne mal mit dir eine richtige Urlaubstour machen.» Aber Mama und Jan waren natürlich dagegen, weil sie befürchten, dass mir unterwegs etwas Schlimmes passieren könnte. Also hat Papa einfach die Gunst der Stunde genutzt, mich zu entführen, weil es ja niemand merken würde. Mama und Jan denken, dass ich im Landschulheim bin. Und Herr Kalb denkt, dass Papa mich nach Hause gebracht hat. Das muss man sich mal vorstellen! Kein Wunder, dass Papa so gut gelaunt ist! Er geht vor mir, mit den Händen in den Hosentaschen, und dazu pfeift er fröhlich ein Liedchen. Ich finde, hier gibt es gerade nichts zu pfeifen. Darum sage ich:

«Du hast mich entführt!»

Ist doch beknackt, wenn ich so tue, als wüsste ich nicht, was hier los ist! Jetzt bin ich aber mal gespannt, was Papa zu der Sache zu sagen hat.

Er hört sofort mit seinem Gepfeife auf und dreht sich zu mir um. Plötzlich ist er ziemlich blass im Gesicht, und irgendwie freut mich das. Auf der anderen Seite tut es mir auch schon wieder ein wenig Leid, dass ich das gesagt habe. Das war von mir ja doch nicht so ganz ernst gemeint. Das war ja nur so ein kleiner Gedanke.

«Was hast du gesagt?»

«Nichts.»

«Was hast du eben gesagt?»

«Ni-hichts!»

«Du hast gesagt, dass ich dich entführt habe. Stimmt's?»

«Ja.»

«Spinnst du?»

«Das war doch nur ein Scherz.»

«Das find ich aber gar nicht lustig. Klar?»

«Hmhm.»

Papa fuchtelt mit seinen Armen vor mir rum, und ich gucke auf meine Fußspitzen, die voll matschiger Erde sind, und unten an den Hosenbeinen ist auch schon alles ganz dreckig. Das gefällt mir gar nicht, schließlich ist das ja meine neue Hose. Die wollte ich doch schonen!

«Sieh mir in die Augen!»

Papa hat seine Hände auf meine Schultern gelegt und schüttelt mich hin und her. Seine Stimme klingt streng, und darum gucke ich ihn besser an. Leider muss ich grinsen, obwohl ich das gar nicht will. Aber das ist immer so: Wenn man anderen Leuten in die Augen guckt, muss man grinsen. Dagegen kann man gar nichts machen.

«Hör auf zu grinsen!»

Dann geht es doch, und jetzt gucke ich ihn ganz ernst an. Ich gucke und gucke und sehe seine Augen, seine Nase und seinen Bart, den Jan so «schmuddelig» findet. Ich denke schon, ich muss Papa ewig angucken, weil er nichts sagt, sondern auch nur in meine Augen guckt. Das ist ganz schön anstrengend, sich so lange in die Augen zu starren. Als ich schon anfange rumzuzwinkern, weil meine Augen anfangen zu tränen, lässt er mich endlich los und holt tief Luft:

«Das macht mich echt fertig, wenn du so was behauptest.»

«Hm.»

«Hast du gehört? Mich macht das fertig, wenn du so was sagst.»

«Ja, hab ich gehört! Ich bin ja nicht taub.»

«Fräulein, pass auf, was du sagst!»

«Pass selber auf! Wegen dir ist meine neue Hose voller Matsch.»

«Du redest schon wie deine Mutter! Ist doch scheißegal, ob deine Hose voller Matsch ist. So was passiert eben, wenn man unterwegs ist.»

«Das ist überhaupt nicht egal, weil Mama alles waschen muss. Immer muss sie meine Sachen waschen, wenn ich bei dir war. Alles stinkt nach Zigarette und nach deinem blöden Putenbraten. Und du stinkst auch!»

«Ich fasse es nicht: Meine Tochter ist eine Spießerin! Wie ihre Mutter!»

«Ich bin nicht deine Tochter!»

«Was?»

«Und du bist nicht mein Vater!»

«Was soll das denn heißen?»

«Du bist unreif!»

Jetzt reicht es mir aber! Und damit der weiß, dass er nicht so über Mama reden soll, trete ich ihm voll gegen das Schienbein. Das hat er nun davon!

«Aua! Sag mal, spinnst du eigentlich? Du kannst mich doch nicht einfach treten!»

«Kann ich wohl. Wenn du so schlecht über Mama redest.»

«Dann trete ich dir eben auch gegen das Schienbein, damit du mal weißt, wie das ist, wenn man getreten wird.»

«Mach doch!»

Aua! Das tut vielleicht weh. Der hat mir echt gegen das Schienbein getreten, und zwar richtig doll. So doll, dass ich fast schon wieder weinen muss.

«Das sage ich Mama!»

«Na und?»

«Dann kommst du ins Gefängnis! Man darf seine Kinder nämlich nicht treten!»

«Alte Petze!»

«Pack deine Sachen und hau ab!»

«Wie du redest! Wie deine Mutter!»

«Verpiss dich!»

Das hat mal eine Frau zu ihrem Mann auf der Straße gesagt, als ich mit Mama dran vorbeigegangen bin. Sofort hat Mama leise zu mir gemeint, dass ich so etwas Hässliches nie sagen soll. Aber jetzt ist es mir rausgerutscht, und tatsächlich: Papa geht. Vorher sagt er aber noch:

«Bitte. Dann sieh zu, wie du allein klarkommst!»

Genau wie der Mann damals. Der ist auch einfach weggegangen und hat gesagt: «Bitte. Dann sieh zu, wie du allein klarkommst!» Das hat der Frau aber erst recht nicht gefallen. Sie ist hinter ihm hergelaufen und hat geschrien: «Wo willst du hin, Arschloch?» Dabei hat sie sich an ihm festgeklammert und immer weiter geschrien: «Ich warne dich! Bleib hier! Ich warne dich!» Dem Mann war das allerdings egal. Er hat sie weggeschubst und gesagt: «Du hast doch 'ne Klatsche!» Er ist einfach weitergegangen, und die Frau hat angefangen zu heulen: «Ich liebe dich! Bitte bleib hier! Ich liebe dich!» Das hat aber alles nichts mehr gebracht. Der Mann ist weitergegangen, ohne sich umzudrehen. Zum Schluss hat Mama sich um die Frau gekümmert. Die lag da auf dem Fußweg und wollte sich umbringen. Na ja. So war das.

Papa ist schon weit weg, die Straße runter. Ich stehe noch hier, am Straßenrand, und er dreht sich nicht mal zu mir um, um zu prüfen, ob ich hinterherkomme. Schließlich sind wir hier mitten in der Natur, und da wäre es dumm,

wenn wir uns verlieren würden. Dann könnte es nämlich sein, dass wir uns nie wieder finden. Trotzdem bleibe ich stehen. Ich habe keine Lust mehr, hinter ihm herzulaufen. Immer geht es nur darum, was ihn fertig macht. Außerdem fühlt es sich sowieso gerade so an, als hätte mich jemand mit meinen Schuhen auf der Straße festgeklebt oder als hätte ich solche Eisenschuhe an. Ich kriege meine Füße echt nicht mehr hoch, und darum bleibe ich einfach stehen und sehe mir die Gegend an. Irgendwie ist es ganz schön hier, besonders die frische Luft ist prima. Mama und Jan finden frische Luft ganz toll, weil man davon so rote Wangen kriegt. Speziell, wenn man tief Luft holt. Das mache ich, und plötzlich wird mir schwummerig, aber auch, weil ich schon lange nichts mehr gegessen habe. Davon wird mir immer schwummerig, weil mein Blutdruck so niedrig ist, sagt Jan.

Vielleicht ist es doch besser, hinter Papa herzurennen. Hinterher kippe ich von dem vielen Frische-Luft-Geatme um, und keiner merkt es. Das wäre echt typisch! Ich könnte ohnmächtig auf der Straße rumliegen, Papa würde gemütlich weitergehen, und zum Schluss wäre ich weg – wie sein blödes Handy! Ist doch wahr! Da könnte er nach mir suchen, bis er schwarz wird! Ich bin so wütend, und darum schreie ich das, was Mama und Jan immer sagen:

«Du bist unreif! Du kannst mir gar kein Pony fangen. Und zureiten kannst du das schon gar nicht! Du kannst nur Zigaretten rauchen und Handys verlieren!»

Aber da ist Papa schon nicht mehr zu sehen, weil die Straße am Ende hinter den Bäumen verschwindet. Er ist einfach weg. Jetzt stehe ich ganz allein auf weiter Flur. Ich habe Angst und renne wie so eine Wahnsinnige los, die Straße runter, immer schneller. Papa ist wie vom Erdboden verschluckt. Einfach weg. Ich renne weiter, weil ich echt nicht allein sein will. Vor allen Dingen weiß ich nicht, wie ich ohne ihn nach Hause kommen soll. Ich darf mich doch nicht allein in ein fremdes Auto setzen! Papa versteckt sich bestimmt hinter einem Baum. Der wartet da auf mich. Ich weiß es. Ich bin mir ganz sicher. Gleich hinter den Bäumen steht Papa und wartet auf mich. Mama, bitte mach, dass Papa hinter den Bäumen auf mich wartet. Ich renne, und dann geht die Straße um die Kurve, in den Wald hinein, aber da ist kein Papa. Hier ist nichts als Straße und Bäume und dunkler Wald.

Ich bleibe stehen, drehe mich hin und her, weil ich nicht tiefer in den Wald reingehen will. Wer weiß, wer da drin ist, und hinterher finde ich nicht wieder raus. Am besten, ich rufe:

«Paaapaaa! Paaapaaa!»

Nichts! Hier ist es einfach nur still. Kein Geräusch. Nur Blätterrauschen. Sonst nichts. Vielleicht ist Papa so enttäuscht von mir, dass er weggegangen ist, damit ich mal sehe, wie es ist, allein zu sein. Jetzt weiß ich, wie das ist, und Papa soll bitte, bitte wiederkommen. Ich werde auch nie wieder so etwas Freches zu ihm sagen. Er soll einfach nur wiederkommen, damit ich nicht mehr allein im Wald stehen muss. Vielleicht kommt aber auch jemand und bringt mich um. Kann doch sein! In der Schule erzählen die immer solche Geschichten, von Männern, die mit Kindern schlimme Sachen machen. Darum haben Mama und Jan früher extra mit mir geübt, was ich machen soll, wenn mich jemand auf der Straße anspricht und mitnehmen will. «Du läufst ganz schnell in den nächsten Laden und rufst uns von da aus an!» Aber hier ist kein Laden. In diesem Wald hätte man echt leichtes Spiel mit mir. Niemand würde merken, wenn mich jemand klaut.

Ich verstehe nicht, wie Papa mich einfach allein lassen kann. Der ist wie ein Kind. Ganz schnell beleidigt. Darum soll ich ja auch nicht mit ihm in den Urlaub fahren, damit genau so etwas nicht passiert. Ich weiß nicht mal, ob ich mir wünschen soll, dass ein Auto vorbeikommt. Hinterher zerrt mich der Autofahrer ins Auto, und dann wird es schwierig, mich wiederzufinden. Mir reicht's echt! Jetzt könnte ich ruhig ein bisschen weinen, ganz leise, damit ich höre, wenn sich jemand an mich ranschleicht. Und da knackt es auch schon hinter mir. Schnell drehe mich um, aber zum Glück ist das nur ein Vogel, der unten auf dem Boden im Laub rumhüpft.

«Hallo, kleiner Vogel», flüstere ich, weil es gut ist, dass wenigstens ein Vogel in meiner Nähe ist. Trotzdem, helfen kann der mir nicht. Also gehe ich wieder raus aus dem Wald und gucke die Straße hinunter in die Richtung, aus der ich gekommen bin.

In der Ferne sehe ich ein gelbes Auto, das immer näher kommt. Der Fahrer soll nicht sehen, wie ich hier so allein am Waldrand stehe! Schnell laufe ich durch das hohe Gras, springe über den Graben, rutsche ab und lande mit dem Fuß im Wasser. Das ist mir jetzt egal. Hauptsache, der Au-

tofahrer sieht mich nicht! Auf dem Po schlittere ich den kleinen matschigen Hang hinunter, und weil ich eine rote Jacke anhabe, presse ich mich auf den feuchten Boden. Ganz eng presse ich mich auf den Boden, damit ich von der Straße aus nicht zu sehen bin. So eine rote Jacke fällt in der Natur auf! Das Auto saust vorbei, und ich bleibe liegen. Mir ist schon richtig übel vor Hunger, und Angst habe ich auch, weil es in ein paar Stunden wieder dunkel wird. Und im Dunkeln will ich hier nicht allein sein.

16

Ich weiß nicht, wie lange ich hier schon im Matsch liege. Alles ist nass. Meine Hose klebt an meinen Beinen, meine Hände, meine Jacke, alles ist ganz nass und voller Matsch. Aber das ist mir langsam egal, weil alles andere noch viel schlimmer ist. Nämlich, dass ich hier allein liege, keine Ahnung habe, wie lange ich hier noch liegen muss, bis mich jemand findet und nach Hause bringt. Langsam ist mir auch egal, wer mich findet. Hauptsache, es kommt überhaupt jemand, der mit mir redet. Ich möchte nur, dass jemand mit mir redet und ich sagen kann, dass ich nach Hause will. Ich will wirklich nur noch nach Hause. Und dass das hier nicht das Ende ist. Gerade fühlt es sich so an, als ob das Liegen im Matsch das Letzte ist, was ich in meinem Leben tun werde. Ich glaube, danach ist alles zu Ende. Ich kann mich nicht mehr bewegen, ich weiß ja nicht einmal, wohin ich mich bewegen soll. Vor mir ist der Wald. Da will ich nicht durch. Hinter mir ist nur noch Wiese und danach wieder Wald. Wo soll ich hingehen? Wo sind Menschen? Wo ist Papa? Ich weiß nichts mehr. Ich weiß gar nichts mehr. Überhaupt nichts mehr. Ich kann nur liegen bleiben und warten. Auf was soll ich warten, was kommt nach dem Warten? Ich kann nur liegen, mir ist kalt, und meine Hose ist nass. Vielleicht wäre es besser, aufzustehen und rumzulaufen, damit mir wieder warm wird. Aber ich kann nicht. Ich habe Angst, mich zu bewegen, weil ich diese Stelle, wo ich gerade liege, jetzt schon kenne. Da vorne ist ein Grasbüschel. Das kenne ich besonders gut. Ich gucke ganz aufmerksam dahin. Ein langer Halm, daneben viele kurze Halme. Wie eine Mama mit ihren Kindern. Ich bin auch ihr Kind. Ein Grashalm-Kind. Daneben liegt ein grauer Stein. Den kenne ich auch. Ich rolle mich eng zusammen, stecke meine Hände in die Jackentaschen. Vielleicht merkt Mama zu Hause, dass irgendetwas nicht stimmt. Davon habe ich schon gehört, dass Mütter spüren können, wenn es ihrem Kind nicht gut geht, obwohl es ganz weit weg ist. Vielleicht spürt Mama auch etwas und ruft Herrn Kalb im Landschulheim an. Der könnte ihr sagen, dass Papa mich gestern abgeholt hat, und dann wäre klar, dass was nicht stimmt. Jan würde sofort die Polizei anrufen, und die könnte mich suchen. Bitte, Mama, bitte, bitte, bitte! Hier stimmt etwas nicht! Ich liege im Matsch! Jetzt weine ich doch wieder, obwohl ich weiß, dass das nichts bringt. Ich kann nicht mehr. Ich will nur noch weinen. Immer mehr weinen, und ich stelle mir vor, wie die Grashalm-Mutter ihren grünen Halm um mich legt und sagt: «Ich bin bei dir und beschütze dich.» Aber das bringt nichts, weil ich davon nur noch mehr weinen muss.

«He, Schnecke, was liegst du denn da im Matsch rum?»

Das ist Papas Stimme! Mein Herz klopft wie verrückt. Er ist wieder da! Ich drehe mich um. Vor mir steht ein Pferd.

Papa sitzt obendrauf. Und dahinter ist nebliger Himmel. Ich kann gar nichts sagen. Ich sehe nur Papa oben auf dem Pferd. Wie der heilige Martin! Ich liege hier unten wie der nackte Bettler. So lange liege ich hier unten schon, und er sitzt da oben auf einem Pferd und sieht zu mir runter. Ich blinzle, meine Augen tun weh. Alles ist verdreckt und voll Matsch.

«Na, Schnecke, was sagst du? Ich hab dir ein Pferd gefangen.»

Ich richte mich ein bisschen auf, und es ist so wie in einem schlimmen, schlimmen Albtraum. Ich weiß nicht, was das alles soll. Papa lässt mich einfach allein, ganz lange, so lange, dass ich denke, ich muss sterben, und dann kommt er mit einem Pferd zurück und tut so, als ob alles in Ordnung ist. Aber ich liege im Matsch, ich bin nass, mir ist kalt, und wir sind weit weg von zu Hause und wissen nicht, wie wir hier wieder wegkommen. Der hat ja wohl nicht mehr alle Tassen im Schrank.

«He, Schneckchen. Bist du stumm? Ich hab dir ein Pferd gefangen!»

«Woher hast du das?»

«Tja, das möchtest du wohl gerne wissen?»

«Ja.»

«Ich hab's gefangen! Jipieee!»

Und dann schnalzt Papa mit der Zunge und haut dem Pferd ordentlich die Fersen in die Seiten. Das Pferd macht ein wütendes Geräusch, und ich glaube, gleich rennt es über mich drüber. Aber zum Glück dreht es sich im Kreis, schlägt nach hinten aus. Immer wieder. Es sieht richtig wild aus, und es freut sich gar nicht, dass jemand auf ihm drauf sitzt. Darum ruft Papa: «Ho, Pferdchen, ho!» Aber das ist dem Pferd so was von egal. Es springt, schlägt aus, und plötzlich sieht Papa gar nicht mehr so mutig aus. Er brüllt lauter: «Ho, Pferdchen, ho!» Doch das Pferdchen ist richtig wütend, fast so wütend wie ich, obwohl ich auch ein bisschen Sorge habe, wie die Geschichte weitergeht. Papa wird da oben nämlich ganz schön durchgeschüttelt. So, als ob er keine Knochen hätte. Seine Arme und Beine schlackern wie die von «Kaufmannsladen», wenn Alfi ihn am Arm packt und rumschleudert. Ich hoffe echt, dass das nicht mehr lange so weitergeht, aber ich kann ja nichts machen, weil das Pferd wirklich wild ist und keinen Spaß versteht.

Endlich fällt Papa runter. Das ist gut, jetzt kann er nicht mehr durchgeschüttelt werden. Dafür bäumt sich das Pferd auf und erwischt ihn am Bein mit seinen Vorderhufen. Papa schreit auf, und ich denke: Jetzt ist alles zu Ende! Ich brülle: «Hau ab!» Und tatsächlich: Das Pferd rennt mit fliegender Mähne davon. Papa liegt am Boden und stöhnt. Ich knie mich neben ihn, gucke auf ihn runter. Er ist grün im Gesicht, und er verdreht so ein bisschen die Augen. Dabei stöhnt er immer weiter. Ich nehme seine Hand in meinen Schoß und streichle darüber.

«Papa?»

«Ja, Schneckchen.»

«Was ist denn mit dir?»

«Nichts, Schneckchen, nichts. Ich glaube nur, mein Bein ist gebrochen.»

«Wieso glaubst du das?»

«Weil ich es nicht mehr bewegen kann.»

Mit einem gebrochenen Bein kann Papa nur noch liegen bleiben. Da ist nichts zu machen. Ich könnte echt schon wieder heulen. Mache ich aber nicht. Jetzt ist es wichtig, einen «kühlen Kopf» zu bewahren, wie Jan einmal gesagt hat, als er sich besonders tief in den Finger geschnitten hatte. Die Fingerkuppe hing nur noch an einem kleinen Hautfetzen, und Mama ist um ihn rumgerannt und hat gejammert: «Mein Gott, Jan, du verblutest!» Da hat Jan ganz ruhig gemeint: «Helene, es ist wichtig, dass du einen kühlen Kopf bewahrst!» Mama hat gesagt: «Wie denn? Du verblutest!» Und Jan hat gesagt: «So ein Käse! Du fährst mich jetzt ins Krankenhaus, und die nähen mir meinen Finger wieder an!» Mama hat tatsächlich einen kühlen Kopf bewahrt und Jan ins Krankenhaus gefahren, obwohl sie eigentlich gar nicht Auto fahren will. Sie hat ja immer Angst, dass sie einen «Unfall baut». Aber alles ist gut gegangen, und ich habe so lange auf Alfred aufgepasst, bis Mama und Jan wieder zurückkamen.

Jetzt müssen Papa und ich überlegen, was zu tun ist. Vor allen Dingen, weil Papa anfängt mit den Zähnen zu klappern und am ganzen Körper zittert.

«Und was sollen wir jetzt machen?»

«Am besten, du stellst dich an die Straße und wartest, dass ein Auto vorbeikommt.»

«Und dann?»

«Dann hältst du das Auto an und fragst, ob du mal mit dem Handy telefonieren kannst.»

«Soll ich dann einen Krankenwagen rufen?»

«Nein. Du rufst Vanessa an.»

«Warum soll ich keinen Krankenwagen rufen?»

«Weil ich gerade nicht krankenversichert bin.»

«Was heißt das?»

«Dass ich den Krankenwagen nicht bezahlen kann.»

«Den können doch Mama und Jan hinterher bezahlen.»

«Weißt du, was das kostet?! Du rufst Vanessa an. Hast du verstanden?»

«Ja.»

Ich habe nicht verstanden, warum ich keinen Krankenwagen rufen soll. Jeder ruft einen Krankenwagen, wenn er einen braucht. Ich kapier's nicht. Außerdem werde ich Jan anrufen und nicht Vanessa. Die würde mir hier gerade noch mit ihrem blöden Gequatsche fehlen. Jetzt brauchen wir Leute, die zupacken können. Auf allen vieren klettere ich den Hang hinauf, so, wie ich gestern den Hang am Landschulheim hochgeklettert bin. Dann stehe ich oben, meine Hose klebt an meinen Beinen, und alles ist dreckig. Ich mag keinen Matsch auf der Haut. Besonders wenn er trocknet, fühlt sich das eklig an. So staubig. Darum muss ich meine Fingerspitzen die ganze Zeit anlecken. Hauptsache, ich werde nicht krank davon. Ich stelle mich so hin, dass Papa mich sehen kann, wenn ein Auto anhält. Hoffentlich sitzen da nette Leute drin, die mir ihr Telefon geben. Ich winke mal zu Papa runter, um zu prüfen, ob er noch zurückwinken kann. Oder ob er schon zu schwach ist. Ich bin auch ganz schwach, aber ich weiß, dass ich durchhalten muss, bis wir gerettet werden. Papa hebt ein bisschen seine Hand und macht so eine schlaffe Bewegung. Der muss echt von hier weggeschafft werden! Vor allen Dingen, weil der Boden ziemlich kalt und feucht ist. Wenn man dazu noch ein gebrochenes Bein hat, ist das überhaupt nicht schön. Im Fernsehen habe ich mal gesehen, dass man Leute, die einen Unfall hatten, zudecken soll, damit die nicht «auskühlen». Ich habe bloß nichts, womit ich Papa zudecken könnte, nur die Schlafsäcke, die hinten im Wagen liegen. Ich könnte hinlaufen und die Schlafsäcke rausholen. Das ist vielleicht gar kein so schlechter Gedanke. Dann kann ich wenigstens was machen, bis hier mal ein Auto vorbeikommt.

Ich schlittere also wieder zu Papa runter, und der guckt mich schon ganz schwächlich an. Seine Lippen sind trocken, dahinter klappern die Zähne.

«Wo ist denn der Autoschlüssel?»

«Hm?»

«WO IST DEIN AUTOSCHLÜSSEL?»

«Welcher?»

«NA, DEINER!»

«Weiß ich nicht.»

«DU MUSST DOCH WISSEN, WO DU DEINEN AUTOSCHLÜSSEL HAST!»

«Ich kann mich gerade nicht erinnern.»

Dann muss ich wohl selber nachgucken, wo er den hingesteckt hat. Ich knie mich neben ihn und taste vorsichtig seine Taschen ab, um ja nicht aus Versehen gegen sein kaputtes Bein zu stoßen. Und dann habe ich den Schlüssel auch schon in Papas Hosentasche gefunden.

«Zieh den Bauch ein, sonst komme ich nicht an den Schlüssel ran. Deine Hosentaschen sind zu eng.»

«Auch das noch!»

«Na, los!»

Papa zieht den Bauch ein, und ich kann den Schlüssel mit den Fingern rausangeln. Jetzt aber los, die Schlafsäcke holen.

«Ich komm gleich wieder.»

«Wo willst du hin?»

«Die Schlafsäcke aus dem Wagen holen.»

«Lass mich nicht zu lang allein …»

«Ich komm gleich wieder.»

Papa klimpert mit den Augen. Dann macht er sie zu, und ich merke, wie er am ganzen Körper zittert. Schnell klettere ich den Hang wieder hinauf, über die Straße und dann nach rechts die Straße runter. Inzwischen sieht es ziemlich nach Regen aus. Der Himmel ist grau, und überall ist Nebel. Ich ziehe meine Jacke vorne zu und laufe so schnell ich kann, was nicht ganz leicht ist, weil ich Gegenwind habe. Hauptsache, ich renne nicht an unserem Auto vorbei, weil der Nebel immer dichter wird. Schlimm wäre aber auch, wenn ich Papa auf dem Rückweg nicht wiederfinden würde. Also zähle ich am besten die Schritte, die ich laufe. Beim 588. Schritt steht der Lieferwagen mit dem großen Würstchen direkt vor mir, und es ist gut, dass ich es bis hierhin schon mal geschafft habe. Ich hole zwei von den Schlafsäcken aus dem Kofferraum und renne so schnell es geht zurück.

Dieses Mal habe ich Rückenwind, dafür aber zwei dicke

Schlafsäcke unterm Arm, die mir immer wegrutschen, weil die aus dem gleichen Stoff sind wie die Jogginganzüge von Herrn Germershausen. Ich renne, und gerade als ich bei 430 bin, höre ich, dass von hinten ein Auto kommt. Ich drehe mich um und winke, dass der Autofahrer mich ja nicht übersieht. Ich habe Glück: Am Steuer sitzt eine Frau, die so alt ist wie Mama. Und auf dem Rücksitz hat sie ein kleines Kind im Kindersitz. Leute, die Kinder in Kindersitzen haben, sind bestimmt hilfsbereit. Da bin ich schon mal erleichtert. Die Frau steigt aus und guckt mich mit großen Augen an. Ich lächle, damit sie sich keine Sorgen macht, und sage ganz freundlich:

«Könnte ich bitte mal mit Ihrem Handy telefonieren? Mein Vater liegt da unten. Wahrscheinlich hat er sich ein Bein gebrochen.»

«Mein Gott!»

«Das Dumme ist, wir haben unser Handy verloren und können niemanden anrufen.»

«Ich habe leider auch kein Handy dabei, weil ich nur kurz meine Schwester besuchen wollte.»

«Oh.»

«Aber ich könnte ja von meiner Schwester aus Hilfe holen.»

«Aber bitte keinen Krankenwagen.»

«Keinen Krankenwagen? Warum nicht?»

«Weiß ich auch nicht so genau. Mein Vater will das nicht. Der will, dass wir seinen Freund Jan anrufen.»

«Ah ja. Na, gut.»

«Könnten Sie das für uns machen?»

«Ja, natürlich. Natürlich. Hast du denn die Nummer im Kopf?»

«Ja.»

«Na, dann schieß mal los.»

Die nette Frau hat sich wieder in ihr Auto hinter das Lenkrad gesetzt und sich einen Stift und einen Zettel gesucht, auf den sie unsere Zuhausenummer und die Handynummer von Jan schreibt. Ich beuge mich zu ihr runter, damit sie auch ja keine Zahl falsch versteht. Dabei sehe ich das kleine Kindchen auf dem Rücksitz. Es ist bestimmt so alt wie Alfred. Es lacht, und wie Alfred hat es einen Zahn. Für einen Moment vergesse ich, dass das gar nicht Alfred ist, und sage mit dieser ganz hohen Stimme: «Ja, halli, ja, halli!» Das mag Alfred nämlich besonders gern, wenn man «Ja, halli!» sagt, und dieses Baby mag es auch sehr gerne und lacht und strampelt mit seinen Armen und Beinen.

Da muss ich plötzlich tief einatmen. Ich vermisse Alfi sehr! Die Frau steckt den Zettel in ihre Handtasche, und ich sage zu dem Kindchen: «Ja, tschüssi!» Und zu der Frau:

«Ich habe auch so einen kleinen Bruder.»

«Dies ist ein Mädchen.»

Ich nicke und presse vorsichtshalber die Lippen aufeinander, weil ich merke, dass ein dicker Kloß in meinem Hals ist. Die Frau lächelt sehr freundlich und meint, ich soll mir keine Sorgen machen. Ich zeige noch einmal in die Richtung, wo Papa ungefähr im Graben liegt, und dann saust die Frau auch schon davon, damit wir keine Zeit verlieren.

Ich renne mit den Schlafsäcken weiter, und als ich bei Papa ankomme, beeile ich mich, ihn mit den Schlafsäcken zuzudecken. Papa kann kaum noch sprechen. Seine Stimme ist ganz heiser und leise, und sein Gesicht ist grau mit ganz vielen Schweißtropfen auf der Stirn. Trotzdem zittert er so, als würde er nackt am Nordpol stehen.

«Mach dir keine Sorgen, gleich kommt Hilfe.»

«D-d-d-dank-k-k-ke.»

«Ist dir schon ein bisschen wärmer?»

«Jah.»

Papa kann nur noch flüstern, und dann schüttelt es ihn so doll, dass er vor Schmerzen aufschreit. Danach atmet er ganz heftig ein und aus und macht die Augen zu. Von der Unfall-Sendung aus dem Fernsehen weiß ich auch, dass Verletzte nicht einschlafen dürfen. Darum klopfe ich Papa auf die Wangen und sage:

«Du darfst nicht einschlafen. Du musst wach bleiben!»

«Es tut mir so Leid, mein Schneckchen ...»

«Was denn?»

«Alles.»

«Was denn ‹alles›?»

«Alles ...»

Papa zwinkert matt, und dann sind seine Augen auch schon wieder zu. Ich habe Angst, dass er einschläft, und deshalb lege ich seinen Kopf in meinen Schoß und singe ganz laut «Hoch auf dem gelben Wagen» und «Vom Aufgang der Sonne». Was anderes fällt mir gerade nicht ein. Leider! Gleich muss ich wieder an meine blöde Klasse denken. Die veranstalten wahrscheinlich gerade einen gemütlichen Spielenachmittag im Landschulheim und trinken Kakao. Bestimmt machen sie sich lustig über mich, weil sie glauben, dass ich ein Baby bin. Aber das stimmt nicht! Ich sitze im Matsch und passe auf, dass mein Papa nicht stirbt! Ich will mal wissen, was die dumme Gloria an meiner Stelle machen würde! Die würde garantiert nur rumheulen. Aber ich heule nicht. Ich helfe Papa, damit er nicht stirbt! Ich habe wirklich Angst, weil er so blass ist. Jetzt zittert er nicht mal mehr. Er macht gar nichts. Nicht mal seine Augen möchte er aufmachen. Er liegt unter dem Haufen Schlafsäcke und macht keinen Mucks. Hoffentlich kommt Jan bald und rettet uns, damit alles wieder gut ist. Aber bis dahin müssen wir durchhalten, und jetzt fallen die ersten Regentropfen vom Himmel. Es werden immer mehr. Sie klatschen auf meine Kapuze, auf die Schlafsäcke, auf Papas Gesicht. Darum beuge ich mich über ihn und singe weiter «Vom Aufgang der Sonne bis zu ihrem Niedergang». Immer weiter singe ich das Lied, damit Papa weiß, dass ich da bin, dass es mir gut geht. Damit er meine Stimme hört. Wenn es einem nicht gut geht, ist es wichtig, dass man eine Stimme hört. Genau so war es ja bei mir vorhin, als ich allein im Matsch lag und nicht wusste, wo Papa ist. Da wäre es auch gut gewesen, ich hätte eine Stimme gehört, um zu wissen, dass ich nicht allein bin.

Ich singe und singe, und Papa rührt sich nicht mehr. Sein Kopf wird immer schwerer auf meinen Beinen, und gerne würde ich sie ein bisschen bewegen, weil sie eingeschlafen sind, und das tut weh. Aber ich traue mich nicht. Hinterher hat er wieder Schmerzen. Ich muss still sein und warten. Bis Jan kommt und uns rettet.

Es regnet in Strömen. Ich kann nicht mehr singen. Mein Mund ist trocken, und am liebsten würde ich den Kopf in den Nacken legen, um ein paar Regentropfen mit der Zunge aufzufangen. Aber dann würde Papas Gesicht nass werden. Also lasse ich das. Ich sitze nur da, mit eingeschlafenen Beinen, und meine Augen fallen zu.

17

Jemand rüttelt an meinen Schultern und schreit: «Um Gottes willen! Um Gottes willen!»

Ich bin müde und ich weiß nicht, wo ich bin und wer da schreit. Es regnet und ich sehe nichts, weil meine Kapuze so groß ist.

«Mira, mein Herzchen, Mira! Mira, wach auf!»

Mama! Es ist Mama, die mich ruft. Sie hockt neben mir im Matsch und rüttelt mich wach.

«Mira, mein Herzchen. Mama ist hier!»

Sie lächelt, aber trotzdem hat sie Tränen in den Augen. Ihre Haare kleben nass an ihrem Kopf, und dann küsst sich mich überall im Gesicht.

«Mira, mein Mädchen. Mein kleines, großes Mädchen. Was machst du bloß? Was machst du bloß?»

Ich kann nichts sagen. Und ich kann mich nicht bewegen, weil Papas Kopf immer noch auf meinen Beinen liegt. Hinter Mama hockt Jan im Matsch. Von weit her höre ich seine Stimme:

«Leo? ... Leo, hörst du mich? ... Leo, wach auf! ... Wach auf!»

Mama streichelt mir über die Wange, und endlich kann

ich weinen. Ich weine und weine, und Mama streichelt meine Wange. Jans Stimme klingt dumpf durch den Regen und die Kapuze:

«Helene, ich hebe jetzt Leos Kopf an. Zieh das Kind da aus dem Schlamm. Das holt sich ja den Tod!»

Mama zieht mich vorsichtig unter Papas Kopf weg, hebt mich auf ihre Arme, und ich klammere mich fest an sie, weil ich so froh bin, dass sie da ist. Mama trägt mich bis zum Hang, und dann versucht sie, mich hinauf zur Straße zu tragen. Aber das klappt nicht. Alles ist so rutschig, und wir fallen beide hin. Direkt auf meinen Arm. Ich schreie, weil das wirklich wehtut, und von hinten hören wir Jan rufen:

«Helene, brauchst du Hilfe?»

«Nein, geht schon!»

Mama rappelt sich wieder auf, und als sie endlich steht, zieht sie mich an meinem heilen Arm hoch, und irgendwie schaffen wir es den Hang hinauf, über die Straße, in unser Auto. Auf dem Rücksitz hilft mir Mama schnell meine nassen Sachen auszuziehen. Dieses Mal habe ich nichts dagegen, dass sie mich nackt sieht. Mir ist nur kalt, mein Arm tut weh, und ich bin froh, dass sie mir trockene Kleider mitgebracht hat. Als das erledigt ist, gibt mir Mama heißen Tee aus der Thermoskanne.

«Trink den. Du musst wieder warm werden!»

«Hat euch die Frau angerufen?»

«Ja, aber da waren wir schon unterwegs und haben euch gesucht.»

«Warum? Hast du gemerkt, dass was nicht stimmt?»

«Herr Kalb hat uns benachrichtigt, dass Papa dich abgeholt hat. Und als wir euch auf dem Handy nicht erreichen konnten und ihr nicht nach Hause gekommen seid, haben wir uns Sorgen gemacht.»

«Und wo ist Alfi?»

«Der ist mit Oma zu Hause und wartet schon auf dich.»

«Danke, dass ihr gekommen seid.»

«Ja, was denkst du denn, mein Herzchen?! Jetzt muss ich Jan aber helfen, Leo ins Auto zu kriegen.»

Mama schlägt die Autotür wieder zu, und im Regen rennt sie über die Straße, rutscht den Hang hinunter, und dann sehe ich nur noch Regen, der auf die Windschutzscheibe prasselt, dahinter verschwommen grüne Wiesen und Wald und meine Hand, die den dampfenden Becher hält.

Endlich kommen Mama und Jan mit Papa den Hang herauf. Auf Knien kriechen sie und ziehen Papa auf dem Schlafsack hinter sich her. Als sie oben sind, hieven sie ihn mit dem Schlafsack auf die Arme und tragen ihn gebeugt über die Straße. Dann geht hinter mir die Kofferraumklappe auf, und Papa wird vorsichtig reingelegt. So gut es mit meinem schmerzenden Arm geht, drehe ich mich zu ihnen um und sehe, dass Mama und Jan vorsorglich schon alles mit einer Wolldecke ausgelegt haben. Zum Glück haben wir einen Kombi, sodass Papa fast gemütlich liegen kann. Jetzt müssen sie ihn bloß noch aus seinen nassen Klamotten schälen. «Damit er keine Lungenentzündung bekommt», sagt Mama. Jan sagt: «Gut, dass wir schon unterwegs waren. Lange hätte Leo nicht mehr durchhalten können.» Darauf sagt Mama nichts. Schweigend ziehen sie ihn aus, und Papa lässt alles mit sich geschehen. Zum Schluss, als er in trockenen Kleidern von Jan steckt, holt Mama von vorne einen Becher mit heißem Tee. Den reicht sie Jan, damit er ihn Papa einflößen kann. Das macht er ganz vorsichtig, so, dass nichts an seinem Mund vorbeiläuft, und zum Schluss sagt Jan:

«Mach dir keine Sorgen, Leo, wir bringen dich jetzt ins Krankenhaus.»

«Es ist alles meine Schuld ...»

«Ist schon gut, Leo.»

Jan stopft die Wolldecke fest um Papa, und dann können wir losfahren. Wir rauschen durch den Wald, in dem ich vorhin Angst hatte, dass mich jemand klaut. Niemand hat mich geklaut. Alles ist gut. Ich sitze neben Mama auf der Rückbank, und sie guckt sich meinen Arm an: «Versuch mal, eine Faust zu machen.» Es geht, obwohl es wehtut. Aber das macht nichts, weil Mama und Jan uns gerettet haben und ich weiß, dass alles gut wird. Vielleicht kriege ich ja doch noch ein Pony. Kann doch sein!

Wir kommen raus aus dem Wald, hinten im Kofferraum liegt Papa, und als ich mich noch einmal zu ihm umdrehe, sieht er mich an und lächelt ganz, ganz schwach. Ich lächle zurück, und dann drehe ich mich wieder um und sehe nach vorne aus der Windschutzscheibe. Der Regen hat aufgehört, über den gelben Feldern hängt der Nebel, und dahinter scheint die Sonne rotorange. Mama streckt ihren Arm aus, legt ihre Hand von hinten auf Jans Schulter und sagt:

«Was für ein Glück, dass wir sie gefunden haben.»

Finde ich auch. Schließlich haben wir es endlich mal hingekriegt, dass wir alle zusammen im Auto fahren: Mama, Papa, Jan und ich. Nur Alfred fehlt. Der kommt nächstes Mal mit. Und am Montag werde ich Astrid fragen, ob sie was dagegen hat, wenn ich in der Klasse neben ihr sitze. Dafür erzähle ich ihr auch die ganze Geschichte. Ich habe schon genau ihre Stimme im Ohr: «Ich fress einen Besen!»

Die Autorin

Alexa Hennig von Lange, 1973 in Hannover geboren, hat bereits mit acht Jahren Geschichten geschrieben. Mit 13 Jahren verfasste sie erste Kurzgeschichten, mit einer davon gewann sie einen Schreibwettbewerb des NDR. Inzwischen hat Alexa Hennig von Lange mehrere Romane veröffentlicht, darunter «Ich habe einfach Glück» (rotfuchs 21249), ausgezeichnet mit dem Deutschen Jugendliteraturpreis 2002. Sie lebt mit ihrem Mann und ihren beiden Kindern in Hannover.

Mehr von und mit der Autorin unter
www.alexahennigvonlange.de